ЧАЙКОВСКИЙ,
ВСЕГДА И ВЕЗДЕ

柴可夫斯基，
就在时时处处

伟大的灵魂徐徐而来

吴 玫——著

孔 燕——摄

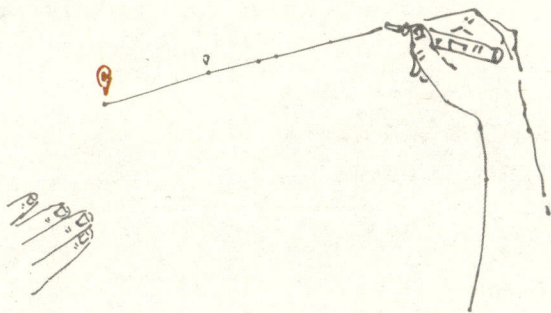

辽宁人民出版社

图书在版编目（CIP）数据

柴可夫斯基，就在时时处处：伟大的灵魂徐徐而来 /
吴玫著；孔燕摄 . —沈阳：辽宁人民出版社，2022.2
（"思·行天下"系列）
ISBN 978-7-205-10259-3

Ⅰ.①柴… Ⅱ.①吴… ②孔… Ⅲ.①随笔—作品集
—中国—当代 Ⅳ.①I267.1

中国版本图书馆 CIP 数据核字（2021）第 170970 号

策划人：孔宁

出版发行　辽宁人民出版社
　　　　　地址：沈阳市和平区十一纬路 25 号　邮编：110003
　　　　　电话：024-23284321（邮　购）　024-23284324（发行部）
　　　　　传真：024-23284191（发行部）　024-23284304（办公室）
　　　　　http://www.lnpph.com.cn
印　　刷　辽宁新华印务有限公司
幅面尺寸：145mm×210mm
印　张：6
字　数：120千字
出版时间：2022 年 2 月第 1 版
印刷时间：2022 年 2 月第 1 次印刷
责任编辑：阎伟萍　孙　雯
装帧设计：留白文化
责任校对：冯　莹
书　号：ISBN 978-7-205-10259-3
定　价：58.00元

序

言

　　我认识吴玫老师已经有十几年的时间了。吴玫老师的正式职位是上海教育报刊总社的编辑兼管理者。我知道吴玫老师毕业于上海师范大学，但我并不确定，她是否当过老师。不过，从认识她的那一天开始，一直到今天，我是一直称她为"老师"的。

　　这绝非出于客套，而是有理由的。

　　吴老师曾经多次向我约稿，我当然敬谨奉命，为她主编的报刊写过长长短短的大概几十篇文章。这就让我有了很多机会，领教吴老师严谨的编辑工作和扎实的文字功底。我们经常会为文中的几个字争执得不可开交，不过，最后的结果总是令我们都很满意。所以，她是我文字方面的老师。

　　恐怕不仅仅是由于职业的关系，我想主要还是因为吴老师本身就是一位优秀的母亲，她对如何教育孩子以及当下的教育问题，确实有真知灼见。我经常就犬子的教育问题，向她请教。吴老师不以为麻烦，每次都小叩大发、黄钟雷鸣，让我感念，更令我钦佩。所以，她也是我教育方面的老师。

称呼她为"老师"的理由很多，我还可以列举下去。

交往的时间长了，我也就早已自居吴老师的好友之列，自以为对她还是相当了解的。但是，近几年来，我的这份自信却日见动摇了。我发现，在吴老师文静雅致的外表背后，自有某种隐秘的蕴藏，极深极厚，如果没有长时间的蓄积，实在是难臻于此。吴老师的人文艺术素养，我多少是有所领略的。即便如此，我还是为之惊奇赞叹了。我想，吴老师的朋友们，都会有类似的感觉吧。

或许是其子已学有所成的缘故，吴老师蓄积有年的蕴藏还是显露出来了。仿佛是一夜之间，她忽然开始发表大量的音乐评论。说"评论"也许未必恰当。那些传播于友朋之间的音乐美文，是她聆听欣赏西方古典音乐的感受与领悟，像极了阅读文学经典之后自笔下流出的"读后感"。她的聆听和阅读交融无间，自然别有意味。

吴老师是很安静的，现在又仿佛是一夜之间，忽然开始满世界地旅游了。说"旅游"肯定不恰当，因为她怎么会是一

柴可夫斯基，_{就在}时时处处

名过客般的游客呢？吴老师依然是在阅读。她用行走的脚步、移动的眼光，用似云朵掠过天际的悠悠心情，在进行自己的阅读。"行万里路，读万卷书"是熟语了，好像也并不足以描摹吴老师的阅读。

眼前的这本书，就是吴老师阅读俄罗斯的纪游文字，却并不是一般的游记。我相信，读过这些文字的人，都会心生别样的欢喜。

我和吴老师是同龄人。说得平淡点，是"上有老、下有小"的60后；说得耸人听闻点，就是"上气不接下气，中间几乎断气"的中间的60后。其实，对于我们这代人来讲，俄罗斯的文学和艺术是有特别的意义的：我们出生在贫瘠甚至蛮荒的年代，那是我们珍贵无比的、几乎是唯一的资源和养分。如果顺便说到音乐，那就是我在偶然听到《贝加尔湖畔》时，会伤感，几近落泪的原因。这种凄凉苍白的无奈美感，是我们这代人的共同记忆的回声吗？

如果大家多少还有兴趣了解一下"既为人子女、又为人父母"的我们这代人，多少愿意感受下我们"气紧"的痛苦和"断气"的忧惧，那么，请读读吴老师的这本书吧！

我感谢吴玫老师的文字，更感谢读者诸君的阅读。

学者、作家　钱文忠

柴可夫斯基，就在
时时处处

目录

c o n t e n t s

柴可夫斯基，<small>就在
时时处处</small>

斯特拉文斯基，以毁灭为乐？

·斯特拉文斯基

　　相较于同时期俄罗斯流亡海外的作曲家，斯特拉文斯基[1]可能有着更高的知晓度。作此猜测，是因为一部名为《香奈儿的秘密情史》的电影。可可·香奈儿[2]，她的香水、她的时装、她的包包……凡是印有两个大半个圆交叠在一起的知名商标的物品，都是此间妇人热衷拥有的。既然这部电影将香奈儿的芳名嵌入到片名中，岂有点击率不高的道理？

　　2010年5月，美国费城交响乐团在著名指挥夏尔·迪图瓦[3]的率领下来到上海。那时，我喜欢古典音乐时间不长，很多相关知识还半生不熟，比如，与之同时代的普罗

---

1. 斯特拉文斯基（Igor Stravinsky，1882—1971），俄罗斯－法国－美国作曲家、钢琴家及指挥，20世纪现代音乐的传奇人物，革新过三个不同的音乐流派：原始主义、新古典主义以及序列主义。被人们誉为音乐界中的毕加索。代表作：《火鸟》《彼得鲁什卡》《春之祭》《士兵的故事》《洪水》《安魂圣歌》等。
2. 可可·香奈儿（Gabrielle Bonheur "Coco" Chanel，1883—1971），法国先锋时装设计师，著名法国女性时装店香奈儿（Chanel）品牌的创始人。
3. 夏尔·迪图瓦（Charles Dutoit，1936— ），瑞士指挥家。

科菲耶夫[1]的名字我还叫不顺溜，但我知道斯特拉文斯基。正因为知道，当演出方给出演出曲目时，我犯起了嘀咕：《火鸟》和《春之祭》，我能融入这两部古典音乐的先锋作品中吗？2010年，我作为古典音乐爱好者的身份急需被验证，而验证办法之一就是狂追现场。跻身世界十大交响乐团的费城交响乐团来了，我岂有不追之理？所以，我还是去了。

俄罗斯能够在古典音乐上与德奥分庭抗礼，是一个值得永久议论下去的话题。但两大阵营作曲家的作品有着清晰的分割线，却是不争的事实。俄罗斯作曲家的作品更讲究旋律，而德奥则擅长哲思。不过，这种状况到了伊戈尔·费奥多罗维奇·斯特拉文斯基横空出世之后似乎有所改变。

斯特拉文斯基出生在圣彼得堡附近的奥拉宁堡[2]，1962年9月底至10月，斯特拉文斯基在阔别祖国半个世纪以后回家，特意去到已经改名为罗蒙诺索夫的奥拉宁堡试图寻找自己曾经住过的屋子，可是，当年他在奥拉宁堡居停的时间太短，已经记不清哪条街哪间屋子自己曾经疾跑或逗留过。不过，那次回归的旅程中，当他看见自己的父亲身着演出服的一张照片时，真是感慨万千。斯特拉文斯基的父亲是帝国歌剧院的男低音歌唱家，这个久于艺术剧院

> 斯特拉文斯基之父费奥多·斯特拉文斯基之墓，圣彼得堡季赫温公墓

斯特拉文斯基，以毁灭为乐？

来回穿梭的男人深知，要在这个行当里挣到能让家人体面地生活的银两乃至荣誉，过于艰难，所以，他坚决反对儿子学习音乐。他送儿子去学了法律，却又无法对儿子的音乐天赋视而不见，又将儿子引荐给强力五人团中的里姆斯基－科萨科夫[1]。这犹如给儿子的天赋添加了助燃剂，1908年，男低音歌唱家斯特拉文斯基[2]儿子的第一部音乐作品——管弦乐《烟火》问世。自此，在斯特拉文斯基的家里，歌唱家退到背景里，作曲家伊戈尔·费奥多罗维奇·斯特拉文斯基成了一家之主。

进入 20 世纪，俄罗斯进入激烈动荡的时期，这种动荡给斯特拉文斯基带来了强烈的不安全感，他决定率领全家离开俄罗斯，那一年是 1910 年，斯特拉文斯基 28 岁。

一路颠簸，一家人总算是在瑞士安居下来，可是，吃穿用度都需要他这个家长筹谋，斯特拉文斯基太太凯瑟琳身体非常糟糕，根本无力替斯特拉文斯基分忧，斯特拉文斯基只好经常出入巴黎，与佳吉列夫[3]洽谈采用其作品的事宜。

佳吉列夫，这个名重一时的俄罗斯舞团的掌门人，掌

---

1. 里姆斯基－科萨科夫（Nikolai Rimsky-Korsakov，1844—1908），俄罗斯作曲家、音乐教育家。他和鲍罗丁、穆索尔斯基、巴拉基列夫和居伊并称为"强力集团"。
2. 斯特拉文斯基（Fyodor Stravinsky，1843—1902），俄罗斯歌唱家、歌剧演员，作曲家斯特拉文斯基的父亲。
3. 佳吉列夫（Sergei Diaghilev，1872—1929），俄国艺术评论家、赞助人，以创立俄罗斯芭蕾舞团而知名。

>佳吉列夫

>尼金斯基

控着芭蕾舞巨星尼金斯基[1]，也决定着尼金斯基的新作品采用哪位作曲家的作品。那时，被佳吉列夫玩弄于股掌之上的俄罗斯作曲家有三位：普罗科菲耶夫、斯特拉文斯基和杜肯尔斯基。普罗科菲耶夫和斯特拉文斯基在西欧的知名度在伯仲之间，同行必然相轻，这就给了佳吉列夫演戏的舞台。在普罗科菲耶夫面前耳语：斯特拉文斯基才是第一。又在斯特拉文斯基面前悄声道：你是第二，普罗科菲耶夫才是第一。佳吉列夫的伎俩，除了加深两位俄罗斯作曲家之间的隔阂外，还让他们憋着劲儿拿出新作品。

王子在森林里捉到了一只神奇的火鸟，会说话。火鸟恳求王子放了它，而它将送给王子一根会闪光的羽毛作为报答。被囚禁于城堡的公主们到树林里散步，王子与她们中最美丽的那一位一见钟情，却无法跟她牵手，因为，公主们必须待在魔鬼的城堡里苦度时日。王子决心潜入城堡救出心爱的公主，终因势单力薄，被魔鬼抓住。无法动弹的王子突然想起火鸟赠予的闪光羽毛，就拿出羽毛招来火鸟。在火鸟的帮助下，王子找到了藏有魔鬼灵魂的巨蛋，正打算砸碎巨蛋，魔鬼闻讯赶来，与王子展开了激烈的争

---

1. 瓦斯拉夫·尼金斯基（Vatslav Nijinsky, 1890—1950），波兰裔俄罗斯芭蕾舞者、编舞家，以非凡的舞蹈技巧及对角色刻画的深度而闻名。他是当时少数会足尖舞的男性舞者，拥有仿佛可摆脱地心引力束缚的舞姿使其成为传奇。

斗。打斗中，在火鸟的帮助下，王子打碎了巨蛋，魔鬼死了，王子与那位美丽的公主幸福地生活在了一起——一个俄罗斯民间故事，佳吉列夫打算把《火鸟》改编成芭蕾舞剧，他将写作芭蕾舞音乐一事交给了斯特拉文斯基。

很快，《火鸟》的总谱就被送到了佳吉列夫的手上，并迅即以芭蕾舞音乐的形式被佳吉列夫的舞团推上了西欧舞台。后来，人们将《火鸟》与柴可夫斯基的《白鸟》（《天鹅湖》）并称为芭蕾舞舞台上的两只不死鸟，也像处理《天鹅湖》那样，将《火鸟》作为独立的交响乐作品演奏。2010年5月，夏尔·迪图瓦率领费城交响乐团到上海演奏斯特拉文斯基的作品，也许估计到此地乐迷的耳朵被古典时期、浪漫时期的作品"喂养"得过于纤弱，特意将《火鸟》处理得柔美一些，于是，那些优美的旋律片段就显得格外好听。可我刚想在其间陶醉一会儿，不和谐之音就如同旁逸斜出的树杈，刺得我耳膜生疼——我们用了一百年的时间都未能消化斯特拉文斯基试图毁坏音乐和谐之美的创新。

斯特拉文斯基无法穿越到今天跟我们计较他的《火鸟》好或不好。其实，在《火鸟》诞生的那一刻起，他就已不在乎好或不好的评价了，他只在意，他的作品是否独一无二。然而，人们都说，《火鸟》里有他的老师里姆斯基 - 科萨科夫的影子，这让他很是郁闷。

落寞之际，斯特拉文斯基有没有思念起故乡？那时叫奥拉宁堡，一座隔着芬兰湾、与圣彼得堡遥相呼应的小城，当年，彼得大帝下令建造圣彼得堡的时候，将奥拉宁堡送给了他的宠臣、圣彼得堡的第一任总督缅什科夫。从 1711 年开始，贵族们开始在这片土地上修建起一座座宫殿，时光流逝、朝代更迭，但那些跟山川河流一样坚固的建筑，却永久地留存在了小城里，与小城的绿树红花相映成趣。奥拉宁堡，一个安宁、沉静的小城，却给了出生在这里的斯特拉文斯基一颗无比躁动的心。虽然，我们无从知道《火鸟》之后的斯特拉文斯基是否想念过故乡，但是，《火鸟》之后又一部重要的作品，斯特拉文斯基再一次采用了祖国的古老传说。"我像见到了一场庄严的偶像崇拜仪式，年老的智者们围成圈席地而坐，眼看一名少女舞蹈直至死亡，他们要把她作为春神的祭品。"这是斯特拉文斯基对完成于 1913 年的《春之祭》的自述。加上尼金斯基为此曲编排的舞蹈过于惊世骇俗，《春之祭》的上演在 1913 年 5 月的巴黎成了一个话题，支持者和反对者各执一词，争吵一直从剧院延伸到了大街上，倒也吓坏了事件的始作俑者斯特拉文斯基。逃离现场之后，这位以毁灭为乐的作曲家开始思考，《春之祭》的风格是不是应该扬弃？不过，没过多久，对《春之祭》的评价就呈一边倒之势，人们说，初听《春之祭》感觉斯特拉文斯基是一个看不得美好事物的毁灭者，叫人难以接受。可听多了会觉得，斯特拉文斯基的这部作品虽凌厉又不和谐，但当我们的心情因为生活艰难而产生落差时，却能通过聆听这部作品得到心灵的契合。

《春之祭》奠定了斯特拉文斯基在国际乐坛的地位，如果没有接踵而至的世态变故，也许，斯特拉文斯基会沿着《春之祭》那样的风格将音乐之路走下去。然而，十月革命之后，他在奥拉宁堡的家产被没收了。在瑞士的那些年里，给佳吉列夫的舞团写作的收入和奥拉宁堡家产的贴补，让他可以由着性子醉心于音乐、纵情于创作，一夜之间，家产尽失，而他的另一半经济来源、佳吉列夫舞团也破产了，斯特拉文斯基一家失去了生活来源，这让家长斯特拉文斯基惊恐莫名。日子过得捉襟见肘的斯特拉文斯基只好低下狂傲的头颅以求资助，就是在这个时候，他偕妻子凯瑟琳和四个孩子住进了时尚女王可可·香奈儿的宅邸。

　　香奈儿的拥趸者会怎么评价《香奈儿的秘密情史》？自不待言。只是激怒了斯特拉文斯基的乐迷们，那个能写出《春之祭》的作曲家，本应是个有血性的汉子，怎么会

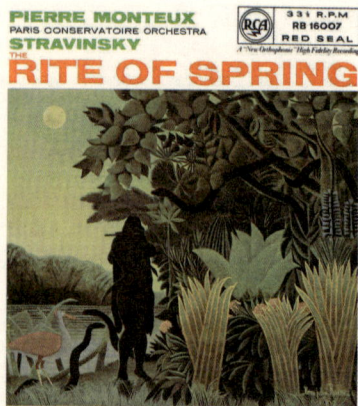

> 《春之祭》组曲 CD 封面

柴可夫斯基，就在时时处处

>可可·香奈儿

一拜倒在时尚女王的石榴裙下，就变得少言寡语、唯唯诺诺了？这才是斯特拉文斯基真正的乐迷，他们只关心《火鸟》和《春之祭》，从来不打听音乐之外的他们的作曲家是一个怎样的人！音乐之外，斯特拉文斯基身上有一种讨人喜欢的世故，在任何情境下都能将自己安放得妥妥帖帖。家乡的财产被新政权没收，佳吉列夫的舞团也已倒闭，斯特拉文斯基遇到的迫在眉睫的难题是，怎么让自己和家人生活下去并且生活得好一点？可可·香奈儿愿意给他这个方便，甚至还许诺资助乐团再度排练《春之祭》，斯特拉文斯基岂有不低眉顺眼之理？凯瑟琳也是懂得丈夫的左支右绌的，你看她，看着丈夫与可可在真假之间眉来眼去，唯一的抵抗也就是借阿赫玛托娃[1]的诗来表现一下俄罗斯人的耿直。

既保留着俄罗斯人的耿直，又长袖善舞，无论流亡在巴黎，还是避难在美国，斯特拉文斯基始终有一群高端的艺术家朋友，毕加索[2]、托马斯·曼[3]、纪德[4]、奥登[5]……画家、

---

1. 阿赫玛托娃（Anna Akhmatova, 1889—1966），本名安娜·安德烈耶芙娜·戈连科（Anna Andreyevna Gorenko），俄罗斯"白银时代"的代表性诗人。她曾被誉为"俄罗斯诗歌的月亮"（普希金曾被誉为"俄罗斯诗歌的太阳"）。代表作:《黄昏》《白色的群鸟》《安魂曲》等。
2. 毕加索（Pablo Ruiz Picasso, 1881—1973），西班牙著名的艺术家、画家、雕塑家、版画家、舞台设计师、作家和前法国共产党党员，出名于法国，和乔治·布拉克同为立体主义的创始者，是20世纪现代艺术的主要代表人物之一。
3. 托马斯·曼（Paul Thomas Mann, 1875—1955），德国作家，1929年获得诺贝尔文学奖。
4. 纪德（André Paul Guillaume Gide, 1869—1951），法国作家，1947年诺贝尔文学奖得主。纪德的早期文学作品带有象征主义色彩，直到两次世界大战的战间期，逐渐发展成反帝国主义思想。
5. 奥登（Wystan Hugh Auden, 1907—1973），英国－美国诗人，20世纪重要的文学家之一，中国抗日战争期间曾在中国旅行，并与其同伴小说家克里斯托弗·依修伍德合著了《战地行》一书。

斯特拉文斯基，以毁灭为乐？ 9

作家、诗人，西班牙人、德国人、法国人、英国人……在西欧艺术圈子里游刃有余的斯特拉文斯基，当然不能理解同胞、同行普罗科菲耶夫身处异乡时的不自在，于是，当普罗科菲耶夫决定臣服于红色政权回到苏联时，斯特拉文斯基喜欢撕毁有形的物件和无形的德行的毛病再度爆发，刻毒地贬损了普罗科菲耶夫的回国之举。回国后的普罗科菲耶夫少有佳作问世，而漂泊四方的斯特拉文斯基却是新作不断，歌剧《浪子的历程》《丧歌》、钢琴与乐队的《乐章》《洪水》《亚伯拉罕与以撒》《安魂圣歌》《C 大调交响曲》……人们惊喜、惊异地发现，这位浪迹天涯的作曲家，除了高产，还风格多变，《春之祭》之后的作品，狂暴已不复存在，有的是典雅宏伟、明净洗练、风趣优雅……这个以毁灭为乐的作曲家，原来不仅喜欢臧否他人的短长，还喜欢撕碎自己的创作风格从头再来！

更令人瞠目结舌的"自毁"，是曾经对普罗科菲耶夫回国不以为然的斯特拉文斯基，竟然在 1962 年接受赫鲁晓夫的邀请回国。他难道忘了自己当年是怎么刻薄地评价普罗科菲耶夫的吗？不要说那久远的往事，据随斯特拉文斯基夫妇一同回苏联的美国指挥家、音乐学家罗伯特·克拉夫特[1]的记录，在巴黎等待飞往莫斯科的航班时，斯特拉文斯基还对苏联心存腹诽，可是，一踏上莫斯科的大地，这位垂垂老矣的作曲家就开始无原则地赞美起祖国来，从乐

---

1. 罗伯特·克拉夫特（Robert Craft, 1923—2015），美国音乐家、指挥家、作家，是斯特拉文斯基一生的好友。

柴可夫斯基，就在时时处处

团的水准、剧院的陈设，到宾馆的服务、饮食的口味，全然忘了这个国家曾经严厉地批评他是"帝国主义资产阶级的一个重要的接近于包罗万象的艺术思想家"，他的作品被说成"印上了一个没有祖国的人品质恶劣的个人主义的罪行"。

是莫斯科的克里姆林宫、圣彼得堡的冬宫以及家乡奥拉宁堡，让难以抑制的乡愁攫住了斯特拉文斯基吗？"一个人只有一个出生地，一个祖国，一个国家，他只能有一个国家，然而他的出生地是他一生中最重要的地方。我感到遗憾，形势把我和我的祖国分隔开了，因此我未能使我的作品在祖国诞生，特别是我不能在祖国帮助苏维埃创造它的新音乐。但是我不是由于自己的愿望而离开俄罗斯的，虽然我承认在俄罗斯有许多我不喜欢的东西，但是批评俄罗斯的权利是我的，因为俄罗斯是我的，也因为我爱它，这个权利我不让给任何外国人。"80岁的斯特拉文斯基，毁掉了人们头脑中固有的那个斯特拉文斯基。

因为受到当局的隆重欢迎，斯特拉文斯基有了这段让我不明所以的表白。不过，我热爱的，是作曲家斯特拉文斯基，我愿意绕开斯特拉文斯基的表白，聆听我尊敬的作曲家克服了年迈体弱后在举世闻名的莫斯科音乐学院大会堂指挥的那场音乐会，它汇聚了斯特拉文斯基一生创作的精华。

虽有七年之痒，但鲍罗丁的《夜曲》经久不衰

  2015 年 2 月 27 日，俄罗斯著名的政治家涅姆佐夫[1]在莫斯科红场附近的莫斯科河大桥的桥垛遇害。等到我们于 8 月 14 日到红场游玩时，距离涅姆佐夫事件已经过去了近半年，但在他殒命的地方，还有不少俄罗斯人将鲜花敬献在他的巨幅照片前。涅姆佐夫遭枪击身亡时，与一位年仅 23 岁的女模特儿在一起。一个 55 岁的政治家在夜深人静的莫斯科街头，跟一个只有 23 岁的乌克兰模特儿在一起，于是有人不分青红皂白地将涅姆佐夫的死抹上了桃红色，并与他的政治立场烩成一锅后，达成了一种"共识"：涅姆佐夫不是一个好人。

  23 岁的模特儿与 55 岁的政治家之间的交往，就算奔着婚姻而去，相信也会有人质疑他俩爱情的成色：相差 22 岁呢！殊不知，在俄罗斯，夫妻双方年龄有些差距，已经

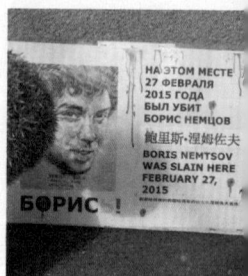

>涅姆佐夫在莫斯科红场附近的莫斯科河大桥遇刺地

---

1. 涅姆佐夫（Boris Yefimovich Nemtsov, 1959—2015），俄罗斯政治家，右翼力量联盟创始人之一，曾任俄罗斯联邦政府第一副总理、国家杜马副主席（下议院副议长）。2015 年 2 月 27 日在莫斯科克里姆林宫附近遇刺身亡。

柴可夫斯基，就在时时处处

> 莫斯科伊兹梅洛沃市场，国人戏称为"一只蚂蚁"

是一件稀松平常的事情，即便是女方大了男方许多岁，也不会引人侧目。

那天傍晚，我们去被中国人戏称为"一只蚂蚁"的跳蚤市场闲逛，路过一间陈设雅致的小店，就信步走了进去。店主是一位金发过耳的美女，一件米色开司米短衫配一条纯黑色的宽腿亚麻裤，令她看起来时尚而优雅。见我们逛进小店，她左手拿起一只瑜伽铜钵，右手握着木槌在钵口一抡，好听的嗡嗡声便在我们耳畔飞过。见我们听得开心，她又拿起一只稍大一点的铜钵如法炮制，比刚才厚实却一样好听的嗡嗡声再度响起……我们中没有人是瑜伽爱好者，不过还是在她的小店里买了东西，一件是长方形的原木板上镶着用残了的马掌，另一件是长方形的原木板上镶着一把用旧了的铜钥匙。双方开心地互道再见时，我们中有一人对着美女身边看上去有一点愣头青的小伙子说："你妈妈真漂亮！"小伙子一笑，答："她是我的女友。"是吗！趁他还没有恼，我们尴尬地迅速撤离了"一只蚂蚁"。

有了这段插曲，转天，我们在莫斯科基督救世主主教座堂的广场上旁观一对对新人在蓝天白云下拍摄婚纱照，就算新娘看上去要比新郎苍老许多，都不能让我们大跌眼镜了。

八月是俄罗斯最好的季节吗？从莫斯科到圣彼得堡，我们不知道遇见了多少对喜结连理的新婚夫妻。

在圣彼得堡的海神柱前，看见一辆白色的加长林肯车被花团锦簇地装饰着，我们在诧异此地的婚嫁也如我们家里那样讲究排场的同时，四处寻找起新郎新娘来，他们正站在海神柱下拍婚纱照呢。圣彼得堡由三个小岛组合而成：瓦西里岛、维保岛和彼得格勒岛。海神柱是瓦西里岛涅瓦河畔的著名景点，站在棕红色的拉斯特莱利下仰望柱子上水泥色的船头，当年，彼得大帝建城后不久，圣彼得堡人就将古希腊关于战败者的船头是海战胜利象征的说法修建到俯瞰涅瓦河的海神柱上，用以震慑外族人，可见他们对家园的热爱。而象征俄罗斯境内伏尔加河、沃尔霍夫河、第聂伯河和涅瓦河

> 莫斯科基督救世主主教座堂的广场上拍婚纱照的俄罗斯青年

柴可夫斯基，就在时时处处

这四条河流的雕像被安置在海神柱的四个方向，则显示了作为首都时圣彼得堡雄霸天下的霸气。海神柱高32米，初建的实际功能是为进圣彼得堡港船只导航的灯塔，而今，这一功能已经废弃，却成为圣彼得堡的新婚夫妻拍摄婚纱照的第一站。

尔后，他们选择了离海神柱不远、能看得见冬宫的涅瓦河畔拍片。身着白色婚纱的新娘和一身深色西服的新郎倚靠在涅瓦河浅色的防洪堤上，幽蓝到近似黑色的河水在他们身后荡荡流淌，河那边，是果绿与蜜白相间的庞大建筑群冬宫。新娘新郎的幸福模样让我们这些旅人情不自禁地举起相机。

>圣彼得堡的海神柱

去彼得保罗要塞参观的时候又遇见拍摄婚纱照的新人，我们就不理解了：彼得保罗要塞是个什么地方？从1720年起，彼得保罗要塞就是该市的驻军基地和关押高层

或政治犯的监狱。19 世纪 70 年代重修后，此地只剩下了一个功能：关押政治犯，车尔尼雪夫斯基[1]、陀思妥耶夫斯基[2]、高尔基以及一些十二月党人都曾是这里的要犯，圣彼得堡的新人们难道不忌讳将监狱摄入自己的婚纱照里吗？

1. 车尔尼雪夫斯基（Nikolay Chernyshevsky, 1828—1889），俄罗斯唯物主义哲学家、文学评论家、作家，革命民主主义者。代表作：《怎么办？》《序幕》《艺术与现实的美学关系》等。
2. 陀思妥耶夫斯基（Fyodor Mikhailovich Dostoevsky, 1821—1881），俄罗斯作家。陀思妥耶夫斯基在 20 岁左右开始写作，第一本长篇小说《穷人》在 1846 年出版，当时 25 岁。陀思妥耶夫斯基的重要作品有《罪与罚》（1866 年）、《白痴》（1869 年）以及《卡拉马佐夫兄弟》（1880 年）。陀思妥耶夫斯基共写了 11 本长篇小说、3 篇中篇小说及 17 篇短篇小说，其文学风格对 20 世纪的世界文坛产生了深远的影响。

柴可夫斯基，就在时时处处

仔细观察，发现他们的镜头总是对准毗邻的彼得保罗大教堂。那座教堂，除了与他处教堂一样顶着"洋葱头"外，独一无二之处是在很长一段时间里它是全城最高的建筑物，高 122 米。20 世纪中叶以来，越来越高大的建筑开始零星出现在圣彼得堡，可圣彼得堡人似乎特别怀旧，依然将其作为城市的象征之一，保留进自己的重要日子里，比如举行婚礼的那一天。而彼得保罗大教堂，也以它金光闪闪的十字尖顶让八月的圣彼得堡蓝天更蓝、白云更白。

因为总是看见新人在拍婚纱照，后来，我们每到一处总要留意周边有没有能给我们带来喜庆的新郎新娘。几乎处处不落空，在滴血大教堂，以我们的民俗来揣测，也是一个很不适合留影在新人结婚照里的场景——1881 年 3 月 1 日，亚历山大二世[1] 乘坐马车准备去签署宣布改组国家委员会、启动俄罗斯君主立宪政改进程的法令。当他的马车经过格里博耶多夫运河河堤时，遭遇"民意党"极端分子的暗杀，一个无政府主义者投掷的第一枚炸弹炸伤了亚历山大二世的卫兵和车夫。眼看自己的卫兵和车夫身负重伤，仁慈的亚历山大二世不顾劝阻执意下车查看他们的伤势，结果刺客投掷的第二枚炸弹在他的脚下爆炸。亚历山大二世双腿被炸断，被送回到冬宫几小时后便医治无效身亡。曾经血流遍地的地方怎么就成了新人朝圣之处？大概，新人们抵御不了滴血大教堂的美丽。这座仿照莫斯科

---

1. 亚历山大二世（Alexander II of Russia, 1818—1881），俄罗斯帝国皇帝，尼古拉一世的长子。

>滴血大教堂

>滴血大教堂内部

柴可夫斯基，就在
时时处处

红场瓦西里大教堂建造的传统式东正教教堂，外形轮廓秀美，深褐色的主体建筑配以孔雀绿、金色相间的"洋葱头"和尖顶，色彩繁多又不令人眼花，造型复杂却绰约有致，尤其是它的内部装饰，几乎都用马赛克来完成，7500 平方米的意大利产多色大理石和俄罗斯宝石掺杂在一起，构成了滴血大教堂别具一格的内部装饰，美得叫人一见倾心。站在教堂外拍完照的新人，没有不进教堂张望的。

伊萨基辅大教堂、涅瓦大街、青铜骑士雕塑……凡是我到过的圣彼得堡景点，几乎都能看到新人在拍婚纱照。这种新气象感染得我们情绪高涨，那一天晚上，巴士一到瓦西里岛，我们就要求下车步行回芬兰湾旁的酒店，路遇一位小伙子迎上刚刚等到的姑娘，将一束鲜花献给了爱人。晚上九点了，落日的余晖将街景涂抹得格外温馨，此情此景让我们不能自已地起哄，惹得人家小伙、姑娘腼腆又得意地将脑袋埋进了对方的肩窝。

这是一个因为严寒鲜花只好开放在心中的国度，由此催发的爱情，也就愈加浓情蜜意。

亚历山大·鲍罗丁[1]，一个地地道道的圣彼得堡人，生于圣彼得堡，在圣彼得堡上的医学院，又在圣彼得堡从事了一辈子的化学研究工作。只是，这位化学家有一些雅癖，其中一项就是利用业余时间作曲。鲍罗丁为数不少的

---

1. 亚历山大·鲍罗丁（Alexander Borodin, 1833—1887），俄罗斯作曲家，同时也是化学家。19 世纪末俄国主要的民族音乐作曲家之一。他与巴拉基列夫、里姆斯基－科萨科夫、居伊和穆索尔斯基组成"强力集团"。

> 亚历山大·鲍罗丁

音乐作品中，最让人过耳不忘的，恐怕是他的第二号弦乐四重奏的第三乐章《夜曲》，清澈似山泉蜿蜒而来的优美旋律，犹如温润之玉，柔软又坚硬，实在是献给结婚纪念日的最好礼物。对，鲍罗丁的这部作品，就是他作为结婚二十周年的礼物送给妻子的——这是一个每听一次就要被感动一次的爱情故事，可是，我们的俄罗斯旅伴说，鲍罗丁与夫人的爱情故事，已成前尘往事，而今，俄罗斯的离婚率已达百分之五十。也就是说，鲍罗丁的《夜曲》问世一百多年之后，海神柱还在，彼得保罗大教堂还在，滴血大教堂还在，伊萨基辅大教堂还在，涅瓦大街还在，青铜骑士胯下的马匹还在跃跃欲飞，可是，一个男人和一个女人之间的爱的誓言，却破碎得越来越迅速。

　　虽然，婚姻的七年之痒已经得到了心理学的理性支持，但是，我依然希望每一对新人都能相知相爱到鲍罗丁为爱妻谱写《夜曲》的那一年，甚至更加久远，直至天荒地老。

>亚历山大·鲍罗丁之墓，圣彼得堡涅夫斯基修道院公墓

天才是上帝最脆弱的孩子

2010 年 5 月，著名的费城交响乐团由著名指挥夏尔·迪图瓦[1] 率领，到上海演出。名团加名指挥，我本应毫不犹豫地购票前去现场，可他们选择的曲目让我犹豫：斯

> 《春之祭》布景由俄罗斯画家尼古拉·罗耶里奇绘制

1. 夏尔·迪图瓦（Charles Dutoit, 1936— ），瑞士指挥家。他曾到访中国 32 次，为中国观众带来斯特拉文斯基的《春之祭》、布里顿的《战争安魂曲》、施特劳斯的《埃莱克特拉》和《莎乐美》等作品的中国首演。

特拉文斯基的《火鸟》和《春之祭》。冲突的和弦、调性和节奏组合成的不安分元素，我觉得会让我在现场坐立不安。但我最终没能抵挡住费城交响乐团和夏尔·迪图瓦的魅力。

没有想到，预设的困难根本不存在，特别是《春之祭》，我很快就被斯特拉文斯基、费城交响乐团和夏尔·迪图瓦的三方合作通过音乐传递的悸动、躁动以及欢声雷动击中，从此坚信，音乐这种语言，从来不故作姿态地自设门槛，就怕路过的人不肯驻足尝试亲近它。

音乐这种语言还有一种魅惑，就是不同的乐团不同的人来演绎同一部作品，有时会产生天上人间的巨大差异。2010年5月在上海的费城交响乐团与夏尔·迪图瓦还原了一场庄严的偶像崇拜仪式，那么，1913年5月在法国巴黎爱丽舍大剧院首演时到底呈现了怎样的《春之祭》，才招致了巴黎人狂扔"臭鸡蛋"呢？

这就遇到了瓦斯拉夫·尼金斯基。

除非你长住在圣彼得堡，否则作为游客，无论你在圣彼得堡逗留多久，回家后想想刚刚结束的圣彼得堡之行，最关键的一个词一定是，遗憾。

就在准备前往圣彼得堡机场打道回府的那个下午，我们有一个半小时的机动时间，竟因为无知任凭导游将我们领进一间蜜蜡"丛林"里看来看去——其实，那家商店，就在圣彼得堡剧院广场附近。

我倒是早早地从蜜蜡堆里逃了出来，穿过圣彼得堡剧

>瓦斯拉夫·尼金斯基

> 马林斯基剧院

院广场，走到了涅瓦大街上的喷泉河旁闲看街景。我不知道正对着圣彼得堡音乐学院的那栋浅绿色、顶着一个同色圆顶的建筑，就是马林斯基剧院——八月，如同世界各地一样，圣彼得堡的剧院也处于休整期，又是下午，剧院大门紧闭，门可罗雀。我怎么可能在走过静悄悄的剧院门前时想到，差不多一百年前，无论白天和黑夜，这里都曾沸反盈天过？

1909年，瓦斯拉夫·尼金斯基从圣彼得堡帝国芭蕾舞蹈学校毕业后被马林斯基剧院留用，很快通过《唐璜》《仙女们》《埃及之夜》等芭蕾名剧让坊间见识了他那特有的腾空跳跃以及前所未见的舞蹈动作。尼金斯基走红后，马林斯基剧院的门前成为圣彼得堡人或来自巴黎、伦敦的喜欢芭蕾的人们最愿意驻足的地方，他们希望用时间换取一张晚上可以走进剧院目睹尼金斯基表演风采的门票。很多年之后，一些曾经等到演出开始后不得不怏怏而归的人们

柴可夫斯基， 就在
时时处处

发现，当年他们每一个午后在圣彼得堡剧院广场所做的努力，都是值得的，因为当一个芭蕾巨星将自己的肢体延伸到遥远不知何处时，他们用自己的一往情深见证了尼金斯基的冉冉升起。而尼金斯基用自己的舞蹈，让几经沉浮的圣彼得堡剧院广场再度辉煌。

是的，圣彼得堡剧院广场几度沉浮。1849 年，意大利建筑设计师阿尔贝特·卡沃斯[1]在建于 1738 年的圣彼得堡大剧院（今天的圣彼得堡音乐学院）的对面，为俄罗斯又一种顶尖艺术——马戏专门设计、建造了马戏场。但是，天不假年，十年之后的一场大火，几乎烧尽了马戏场，留

>阿尔贝特·卡沃斯

1. 阿尔贝特·卡沃斯（Alberto Cavos, 1800—1863），俄籍意大利裔建筑设计师。代表作：俄罗斯圣彼得堡马林斯基剧院、莫斯科大剧院。

天才是上帝最脆弱的孩子

下的只有断壁残垣。1860 年，沙皇利用马戏场的废墟重建专门用于音乐舞蹈表演的剧院，落成之后，为纪念亚历山大二世的妻子玛利亚，剧院取名马林斯基剧院。

剧院有了，舞者呢？早些年，起源于法国的芭蕾在圣彼得堡兴盛一时。沙皇觉得，总是从外国延聘演员表演芭蕾不是长久之计，就由皇后玛利亚主持，请人兴办了芭蕾舞蹈学校。1836 年，延续下来的学校定名为圣彼得堡帝国芭蕾舞蹈学校后，总部搬到剧院街，又因为沙皇拨款支持，一些有舞蹈天分的贫苦人家的孩子才有机会走进这所学校。

这个家庭来自波兰，背井离乡并没有让这个家庭生活顺遂起来，爸爸妈妈只好把十岁的尼金斯基送到圣彼得堡帝国芭蕾舞蹈学校学习舞蹈，部分地缓解了生活之忧外，也算是许了孩子一个未来。圣彼得堡帝国芭蕾舞蹈学校招生向来以严酷著称，这个身体条件并不出众的十岁男孩，让主考官颇为踌躇：要还是不要？要了他，就占去了一个宝贵的新生名额。如若这个孩子大了未必优秀呢？感谢那个拍板要下瓦斯拉夫·尼金斯基的老师，不然，1909 年至 1919 年的十年间，世界芭蕾舞界和现代舞界都将会失色。

1909 年，从圣彼得堡帝国芭蕾舞蹈学校毕业以后的尼金斯基，很快就成了马林斯基剧院的台柱，能"像皮球一样弹起、像雪花一样飘落"的他被彼时非常著名的经纪人佳吉列夫相中，让其加盟了他的舞团，到巴黎、伦敦开始了漫长的"俄罗斯演出季"。从那以后，尼金斯基不再只属于圣彼得堡，他成了西欧芭蕾舞台上一颗熠熠闪光的巨星。

　　我并不喜欢舞蹈。音乐、电影、话剧、舞蹈放在一起，最后我才会选择舞蹈。我感兴趣于瓦斯拉夫·尼金斯基，横向纵向地了解他，始于他对舞蹈语言的精湛理解和对世俗生活的粗疏理解。"……我找到了我的运气，我立刻顺从了佳吉列夫，就像树上颤抖的叶子和他做爱。从见面那一刻起，我就了解他了，我假装赞同他，我知道如果不顺从他，我和我的母亲就得饿死，为了生活，我只好牺牲自己……"这段留在《尼金斯基手记》一书中的话，初读叫人心酸。可等到知道了他和他笔下的那个佳吉列夫之间用了十年来分分合合、爱爱恨恨后再来读这段话，感受恐怕就不是心酸一词能概括的了。

>尼金斯基和佳吉列夫

天才是上帝最脆弱的孩子

佳吉列夫把尼金斯基从圣彼得堡带到巴黎后，除了给尼金斯基父母一份有保障的生活外，还悉心锻造他，请最好的编舞老师给他编舞，等到尼金斯基自己有能力编舞了，又请最出色的作曲家——德彪西[1]和斯特拉文斯基为他的舞蹈谱曲。

>德彪西

德彪西的《牧神午后》是一部印象主义代表作，其异国情调的旋律和难以捉摸的和声叫人困惑。可是，此曲交到尼金斯基手里，他竟然轻巧地用舞蹈表现出了作曲家的意图，得到了作曲家的首肯。不然，就算有佳吉列夫，狂放不羁的斯特拉文斯基怎么肯将自己具有颠覆性意义的作品《春之祭》交给才24岁的尼金斯基？事实上，斯特拉文斯基的《春之祭》纵然石破天惊，如若没有尼金斯基让人瞠目结舌的编舞，1913年5月的巴黎怎么会因为《春之祭》而口角相加乃至大打出手？

来看看尼金斯基是怎样用舞蹈来呈现《春之祭》的吧：双脚呈内八字，膝盖微屈，脊背弯驼，包括旋转、跳跃在内的所有动作均由这个姿势衍生而出。我们知道，"外八字"是芭蕾舞演员的基本训练项目和舞台上的基本身体特征，而现在，尼金斯基要打破旧规，除了引发演员的不满和消极怠工外，斯特拉文斯基对此也怀疑起来：他是佳吉列夫所说的世界上最好的舞者吗？斯特拉文斯基不知道，除了

---

1. 德彪西（Achille-Claude Debussy, 1862—1918），法国作曲家。德彪西是19世纪末20世纪初最有影响力的作曲家之一，代表作：管弦乐《大海》和《牧神午后前奏曲》，钢琴组曲《贝加马斯克组曲》《意象集》《版画集》等；而创作最高峰则是歌剧《佩利亚斯与梅丽桑德》。

柴可夫斯基，就在时时处处

高超的舞蹈技艺，尼金斯基还敏学不倦，阅读让他认识了高更的故事和高更的作品，他叹服高更笔下的塔希提岛忠实地"复原了原始时代"，而这，正好与斯特拉文斯基创作《春之祭》的灵感不谋而合："睡梦中看到一场庄严的异教祭典：睿智的长老们席地而坐，眼见一名少女跳舞直至死亡，他们要把她当成祭品，来安抚春之神。"一个伟大的作曲家和一个伟大的舞蹈家的心声在《春之祭》的节奏中撞击出火花，虽然 1913 年 5 月的巴黎对两位天才的合作毁誉参半，但是，斯特拉文斯基接受了舞蹈《春之祭》。

随着关于《春之祭》的争论甚嚣尘上，尼金斯基与佳吉列夫亦同事亦情人的关系，也走到了尽头。为自由，尼金斯基趁佳吉列夫没注意，在阿根廷娶了妻子，不出意外地，佳吉列夫大动肝火与之决裂。尼金斯基太太心想，

> 《玫瑰花魂》中的尼金斯基　　　　　> 《天方夜谭》中的尼金斯基

正好，我们自组舞团，可是，佳吉列夫也是不世出的人才呀，尼金斯基的舞团千疮百孔，自己也在第一次世界大战中被关进了匈牙利的牢房。在遥远的美国继续成功地经营着俄罗斯舞团的佳吉列夫闻讯后，打通关节营救出了尼金斯基，并请他去美国重新上台表演。在美国重逢的刹那，尼金斯基热切地投入了佳吉列夫的怀抱，这让看着他们亲吻的尼金斯基太太不能自已。三个人一起"游戏"的结果是，佳吉列夫把俄罗斯舞团留给尼金斯基，自己走了，而接手舞团的尼金斯基夫妇又将舞团弄得一团糟……

尼金斯基疯了，此时，他还不到 30 岁。

30 岁，对一位芭蕾舞男演员来说，体力还在山顶，依然可以像皮球那样蹦起来，人生阅历又能帮助他在像雪花一样飘落的时候有了不能承受之轻的况味，他却用疯狂弃绝了舞台。不像他同时代从俄罗斯逃亡西方世界的作家、艺术家因为政治原因丢失了自己的天赋，尼金斯基的丧失，完全因为与佳吉列夫之间的恩怨情仇。在尼金斯基离他而去之后，佳吉列夫试图再造一个舞蹈男神，可是，可以有舞蹈天王，但舞神不再，佳吉列夫才痛悔，才会想方设法解救深陷囹圄的他的舞神，才会不忍看舞神落魄，将美国的那一支俄罗斯舞团给了他。不错，尼金斯基依恋他的时候，他做得过于霸道，不让尼金斯基舞蹈的风采以影像的方式留存于世，还诱惑尼金斯基越过舞台走进他的卧室。他们俩，除了是同性恋而为当时的社会所不容外，他爱他，错了吗？佳吉列夫错的是，他没有问问尼金斯基是否愿意做一个男人的爱人吧。说是为了自由，尼金斯基在阿根廷匆忙结婚，但其实，他是对同性恋的逃遁。

　　离开佳吉列夫以后，一年糟过一年的舞蹈事业和家庭生活终于逼疯了尼金斯基，两个男人之间的爱，竟然是这样的结局，没有对错的恩怨，让我们面对尼金斯基不多的几张舞蹈中的照片时，抱憾不已——舞蹈中的尼金斯基，已然雌雄难辨，那么刚烈又那么柔弱，那么英俊又那么妩媚，那么

>尼金斯基雕像——罗丹作品

有征服欲又那么渴望被人征服，真的是集妖魔鬼怪于一身。

　　1950年的春天，用了三十年、近乎他人生的一半光阴进进出出疯人院几次后，尼金斯基死了。"我是神的小丑。"死前，尼金斯基这样评说自己。下此判断的时候，尼金斯

基想起了他起飞的地方马林斯基剧院吗？那里，曾经是一个马戏场，而小丑是一场马戏最不可或缺的角色。"我是上帝的孩子。"尼金斯基又说，此刻，他一定是想起十岁那年报考圣彼得堡帝国芭蕾舞蹈学校时老师们的犹豫了。如果老师们坚持他的身体条件不好而放弃了他，尼金斯基很有可能就是一个为一套房和一日三餐苦苦奔忙的普通人，瓦斯拉夫·尼金斯基这个名字也就泯于众生了。

可是，上帝看重尼金斯基这个孩子，赋予他跳得离天堂最近的能力，却忘了告诉他，天才是上帝最脆弱的孩子。

铁幕坚不可摧？有人穿墙而过

俄罗斯早已是一个人口负增长的国家，据我们的俄罗斯导游丽达说，一些小镇因为人烟稀少而日渐萧条。一路上，我们目光所及之处，那大片大片荒着的土地，倒不全是为保存地力用了轮种法，实在是无人耕种。首都莫斯科当然不存在人口稀疏的忧患，但即便如此，我们国内怨之恨之又无法躲避的早晚高峰堵车情况，在莫斯科也不太会出现。于是，车窗外的景色总能完美地呈现在我们眼前，这就让我们轻易地看到了那一栋横卧在莫斯科河畔的米色火柴盒式建筑。建筑的跨度有些大，我们的大巴从它跟前开过的时间，够我们的中文导游嘀咕一句："这就是莫斯科人所称的将军楼，当年大清洗的时候，住在这栋楼里的将军死了百分之九十。"小徐的这一句念叨，让我们受了一闷棍，车里一时安静得能听见彼此的呼吸声。小徐以为我们健忘，忍不住补充道："希特勒为什么敢打苏联？就是因为大清洗几乎整垮了红军。"是的，如果不是斯大林刀下留人，让朱可夫元帅免遭清洗，如果不是德国人对苏联冬

莫斯科河畔的将军楼。大清洗时，多少将军从大楼的窗户里一跃而出。

天的严寒估计严重不足，第二次世界大战的历史会怎么改写？假设过往，真是让人心有余悸。

自 1934 年 12 月的基洛夫 [1] 开始的大清洗，到 1938 年秋天总算告一段落。在这次大清洗中，共有 3.5 万名军官被镇压，其中包括高级军官中的百分之八十，元帅也有五分之三落马，涉及所有军区司令和绝大部分集团军司令。第一批被苏维埃政权授予元帅军衔的五人中，图哈切夫斯基 [2]、叶柳赫尔 [3]、叶戈罗夫 [4] 三人被处死；15 名集团军司令中，13 名被杀；85 名军长中，处决了 57 人；159 名师长中，110 名被处决；4 万多名营级以上高中级军官遭到迫害。在大清洗运动中，滥捕无辜的行动大都在深夜进行，谁也不知道进入梦乡后能否自然醒来看着太阳冉冉升起，风声鹤唳、人人自危成为大清洗时期苏联的一种常态，居住在将军楼里的那些要人，更是精神高度紧张，生怕夜间有人擂响自己的家门。一旦家门被契卡敲响，为了免遭被捕后的严刑拷打和侮辱，他们会在惊骇和匆忙中选择跃窗而出，摔死在对他们来说曾经最温暖的自己家的窗下。

被世界历史称为一个国家的自残行为的苏联大清洗，

---

1. 基洛夫（Sergei Kirov, 1886—1934），原名谢尔盖·米罗诺维奇·柯斯特里科夫，苏联布尔什维克党早期领导人。他曾于 1926 年至 1934 年担任列宁格勒州委书记的职务，任期内在其办公室内被列昂尼德·尼古拉耶夫开枪射杀。此次遇刺事件直接导致了大清洗。
2. 图哈切夫斯基（Mikhail Tukhachevsky, 1893—1937），苏联红军总参谋长、苏联元帅，为苏联军事理论纵深作战作出重大贡献。在 1937 年的图哈切夫斯基案件中，他被屈打成招判决有罪，并于 1937 年 6 月 11 日处死。
3. 叶柳赫尔（Vasily Blyukher, 1889—1938），苏联著名军事将领，是初期的五大元帅。在华great汉名"加伦"，被称为"加伦将军"，因苏俄内战而成名，曾任防御日本侵略的远东方面军司令。1938 年 11 月 9 日在斯大林的大清洗中被暗中杀害。
4. 叶戈罗夫（Alexander Yegorov, 1883—1939），苏联元帅。

是由捷尔任斯基[1]领导的契卡在斯大林的指使下完成的。

契卡，全称为全俄肃清反革命及怠工非常委员会，简称"全俄肃反委员会"，契卡是俄文的缩写。它是苏联的一个情报组织，由捷尔任斯基于1917年12月20日创立。该组织是因为列宁在俄国十月革命成功后要求捷尔任斯基创办一个可以"用非常手段同一切反革命分子做斗争的机构"而创立的。后来，他又将契卡的任务概括为"在全国范围内消灭和制止反革命和怠工行为，将其积极分子交由法庭处理，同时还进行前期侦查和预审"。实际上，契卡的主要职能还包括逮捕苏联国内的反革命分子，并负责管理监狱、搜查、逮捕、拘禁。1922年，契卡改组为国家政治保卫局，于1934年至1938年制造了臭名昭著的大清洗事件。随着斯大林时期的落幕，契卡在1954年更名为国家安全委员会，即著名的苏联情报组织克格勃，与以色列的摩萨德、英国的军情5局和美国中央情报局并称为世界四大情报组织，成为冷战时期社会主义阵营与西方自由世界抗衡的重要机构。

如此重要的一个情报机构，冷战时期到底有怎样的作为？不要说苏联时期了，就是1991年苏联解体之后，俄罗斯都鲜有文艺作品反映克格勃是怎么与以色列摩萨德、英国军情5局和美国中情局周旋的。倒是西欧电影，远的

---

1. 捷尔任斯基（Felix Dzerzhinsky, 1877—1926），波兰裔白俄罗斯什拉赫塔，苏联克格勃的前身——全俄肃反委员会（简称"契卡"）的创始人。该组织因在俄国内战时期拷打及处决大量反对者而广为人知。

柴可夫斯基，就在时时处处

如法国、意大利、西德联合拍摄于 1973 年的《蛇》，近的则有根据约翰·勒卡雷[1]的著名谍战小说《锅匠 裁缝 士兵 间谍》再度重拍的英国同名电影，多少能让我们管窥到冷战时期克格勃在铁幕两侧的活动。

重看于 42 年前拍摄的谍战片《蛇》，我发现它没有输给时间，更没有输给迅猛发展的电影科技，因为让影片《蛇》神秘到今天的，与其说是苏联克格勃、法国反间谍情报机构、美国中央情报局、英国军情 5 局等这些让 20 世纪70 年代的我们眼花缭乱的特务组织；与其说是欧洲一号电台让我们耳目一新的直播模式；与其说是时而是慕尼黑的清晨，时而是伦敦泰晤士河岸的黄昏，时而是巴黎夜晚等让 20 世纪 70 年代的我们目不暇接的异国风情；与其说是让 20 世纪 70 年代的我们目瞪口呆的各国谍报精英紧锣密鼓地你方唱罢我登场的川流不息以及让 20 世纪 70 年代的我们大惊小怪的监控设备、测谎器、监听设备等科学新技术，不如说是出现在一部西方电影中苏联克格勃一个坚如磐石的信念。这让我们大费思量。

　　　　　　巴黎奥利机场一片繁忙的景象。正准备登上回莫斯科飞机的弗拉索夫突然丢开一直紧携着的妻子，奔向柜台买了一瓶酒，又往女售货员手里塞了一百元钱、一张纸条后疾步奔向机场警署，

>约翰·勒卡雷

---

1. 约翰·勒卡雷（John le Carré, 1931—2020），本名大卫·约翰·摩尔·康威尔（David John Moore Cornwell），英国著名谍报小说作家。出生在英格兰多塞特郡普尔。

这个来自莫斯科的驻巴黎二等参赞要求政治避难。对于一直想打破克格勃这个铁桶的西方世界，弗拉索夫显然是一块大肥肉，法国、英国、美国等诸国经过几次明争暗斗的交手后，弗拉索夫被美国带至中央情报局总部。测谎员听似无表情实质充满挑衅性的言语虽然让弗拉索夫很是冲动，但他还是通过了测谎仪的测试。不过，在其被中央情报局保护的六个月里，西德、法国、英国等国家共有十三位高级间谍死于非命。当火烧到了法国情报机构的头目贝尔东身上后，西方情报机构嗅出了弗拉索夫叛逃的诡异气息。果然，弗拉索夫假叛逃的真目的是勾结早已反水的英国情报机构的二号人物贝尔，摧毁西方的情报机构。事情败露以后，弗拉索夫被美国用作筹码换回了自己的一名飞行员。交换仪式于某个清晨在东西德边界的一座桥上进行，弗拉索夫和美方飞行员在由相向而行变成相背而行的过程中，贝尔东与美国中央情报局戴维斯的对话让人体会到了西方的傲慢，大意如下：

贝尔东：用弗拉索夫换回一个飞行员，价值相差是不是过于悬殊？

戴维斯：弗拉索夫已经失去了价值，他回去以后会慢慢消失。换回我们的飞行员，至少他可以告诉我们，苏联人是怎么打落他的飞机的。

虽然我们与苏联的同盟早就破碎，但是，曾经同在社会主义阵营的经历让我至今听到苏联被人羞辱时都会感到愤怒。恼羞之余，我替弗拉索夫考虑了一下，他难道不知道，作为间谍他已经失去价值了吗？政治上已走下坡路的他为什么最终选择回家？答案藏于他在完成测谎的过程中与戴维斯的一段对话：

> 弗拉索夫：1945 年，我们用坦克在那里（布拉格）赶走了希特勒。
>
> 戴维斯：1968 年，你们的坦克在那里帮助重建社会主义？
>
> 弗拉索夫：有时候一味药可以治百病。那是我们的新边疆。你们不也有你们的新边疆吗？

很妙的对话，不是吗？这样一个斩钉截铁的政治宣言，官至美国中央情报局局长的戴维斯不可能听不到弗拉索夫话里的立场，只是，这个美国佬过于自信，以为西方舒适的生活和自由终将赢得弗拉索夫的心。美国佬以及西方为自己的傲慢和自信付出了沉重的代价：十三位西方高级间谍的生命。

20 世纪 70 年代，物质生活水平明显优于苏联的美国，为什么没法让弗拉索夫更弦易辙？何况他又在巴黎耳濡目染过花花世界的妙处。特别是今天这个重利轻义的年代，我们怎么看弗拉索夫的选择都觉得不可思议！因此，我对总部位于莫斯科红场不远的克格勃，充满了好奇。更不可思议的是，影片中与弗拉索夫勾结在一起策划十三位西方高级间谍死亡案的贝尔，竟然是英国情报局的二号人物，且出身良好，是英国贵族的后代。影片用贝尔信仰马克思主义为他的行为做出了解释，信仰是一支能穿透铁幕的矛，稍加磨炼就可以反转过来成为加害自己祖国的利器吗？那么，克格勃用了什么招数收服了贝尔？

会不会有人质疑，贵族的后代、英国情报机构的二号人物贝尔是西方电影人为影片精彩杜撰出来的人物？不，自由的西方更是傲慢的西方，不会无中生有这样的情节为他们认为最优越的社会形态抹黑。第二次世界大战期间，唐纳德·马克林[1]、盖伊·伯吉斯[2]、哈罗德·金·菲尔比[3]、安东尼·布兰特[4]以及直到20世纪80年代才被披露的约翰·克恩克罗斯[5]这五人信仰了马克思主义后一起投靠克格勃。冷战期间，五人的故事渐渐被抖搂出来，五人中有三人分别于1951年、1963年逃往苏联，第四人暴露于1979年，而第五人始终处于隐秘状态，直到20世纪80年代有人为

---

1. 唐纳德·马克林（Donald Maclean，1913—1983），曾任英国外交官、英国驻美国大使馆办公室主任兼英美核武器项目协调员、著名双重间谍、"剑桥五杰"成员。
2. 盖伊·伯吉斯（Guy Burgess，1911—1963），英国外交官和苏联特工、"剑桥五杰"成员，该小组从1930年代中期到冷战时代初期一直运作。1951年他与间谍唐纳德·马克林一起叛逃到苏联，导致英美情报合作遭到严重破坏，造成英国外交部门的长期混乱并重挫其士气。
3. 哈罗德·金·菲尔比（H.A.R. Philby，1912—1988），苏联在冷战时期潜伏在英国的双重间谍，暗中替苏联内务人民委员部和克格勃效力，提供情报，"剑桥五杰"成员。
4. 安东尼·布兰特（Anthony Blunt，1907—1983），英国历史学家、苏联特工、"剑桥五杰"成员。
5. 约翰·克恩克罗斯（John Cairncross，1913—1995），英国情报官员、苏联特工、"剑桥五杰"成员。

柴可夫斯基，就在时时处处

克格勃写秘事才遭披露。被后人称为"剑桥五杰"的间谍案公之于世后，世界特别是西方世界一片哗然，人们始终不能理解，五个贵族的后裔在享受着西方世界最优质生活的同时，为什么会以信仰为名拆毁西方社会的根基？

"剑桥五杰"犹如皮鞭，抽打在一向自以为是的西方世界的身上，让他们痛彻心扉，屡屡反思。英国人约翰·勒卡雷不就在他最著名的反映冷战时期间谍活动的小说《锅匠 裁缝 士兵 间谍》中特别设计了一个露脸不多的克格勃卡拉吗！事实上，出生于 1931 年的约翰·勒卡雷在 18 岁那一年就被英国政府招募进英国军方情报部门了，担任对东柏林的情报工作，直到退役。所以，卡拉这个人物绝不是空穴来风。唯其如此，我对克格勃培养忠诚者时所用的手段，既钦佩又好奇。

卡拉是一个怎样的人？电影采用了小说作者的表现手法，通过主角乔治·史迈力给助手讲故事的方式加以描述。史迈力说，1955 年苏联国内正对克格勃进行大清洗，差不多有百分之五十的谍报人员逃往国外，这时被美国中情局捕获并受尽折磨的卡拉被释放，在印度德里换机回莫斯科。趁此机会，史迈力前去德里游说卡拉。两个人坐在德里机场的咖啡厅里，史迈力在不停地说话，而卡拉则一言不发地盯着自己那双已经没了指甲的手。去莫斯科的飞机第二天才起飞，史迈力给了卡拉一盒骆驼牌香烟和一个打火机，让他慎重选择，用意显豁而阴毒：一回莫斯科，你这个老烟鬼连骆驼牌香烟都见不着了。但是，卡拉留下了那包原封不动的骆驼烟，还是回了莫斯科。相比较，书里描述得更加详尽，也就更增添了我们的疑感：作为沙皇特务机构特务的儿子，卡拉子承父业，于 1936 年开始从事间谍工作，刚一上手就在西班牙搜罗了一批德国情报人员。1936 年到 1941 年，卡拉到过英国，但史迈力在讲故事的时候依然不知道他以什么身份在英国活动并干了些什么。1948 年左右，卡拉被苏联当局抓捕坐监，后又被流放到西伯利亚，直到斯大林倒台以后才官复原职，即刻被派往美国，直到 1955 年。

依照小说《锅匠 裁缝 士兵 间谍》对卡拉背景的交代，这个克格勃，太有可能接受史迈力的规劝，留在西方用自己所掌握的情报换取西方世界里一定要比苏联优渥许多的生活，但是，他选择了回国。尽管回去后很有可能再度遭到清洗，而被清洗的滋味，坐过牢、在西伯利亚风餐露宿过的卡拉，一定比谁都清楚，但是，他义无反顾地回去了。尽管约翰·勒卡雷用史迈力的妻子送给他的礼物、刻着"送给乔治，爱情永固，安妮"字样的打火机作为道具暗示回去以后卡拉并没有受到苏联当局的迫害，可是，1934 年之后，苏共斗争内幕资料的渐渐公开让我们齿冷之余也让我们达成了共识：相比西方世界的自由、和平和富裕，苏联是一个让人窒息的地方。而苏联解体之后，那些加盟国只争朝夕地迅速与俄罗斯划清界限，似乎更坐实了苏联是一个流氓国度的说法，至于通过各种途径移民国外的苏联公民，有些更是用各种艺术形式痛陈了自己在苏联曾经有过的不堪回首的往事，即便像《乌克兰拖拉机简史》这样的黑色幽默小说，也将从乌克兰到英国的移民为了过上像样的英国生活而不择手段的故事，写得让人哭笑不得。读时，我就这样告诉自己，《乌克兰拖拉机简史》的作者玛琳娜·柳薇卡是在英国长大的乌克兰第二代移民，她笔下所写均是耳食之言，又为博得西方人的赞誉，作家在描述移民的困窘和狡黠时，不得不夸张，也是可以理解的。只是，我们读后，到底对苏联乃至现在的俄罗斯有了一种偏了光的预设。

种种灰色的猜想，在我踏上俄罗斯的大地后，一一得以纠偏。进出海关时遗留的官僚习气让我们花了加倍的时间等待，的确让人痛恨，可无论是莫斯科还是圣彼得堡，每天的蓝天白云以及蓝天白云下气度不凡的俄罗斯人匆匆的脚步，都在告诉我们，他们的生活至少与这个大同世界是同步的：发展经济、渴望和平、争取国际地位等，以及由此伴生的政治阴谋。

2015 年 2 月 28 日，俄罗斯前副总理、反对派领袖涅姆佐夫在莫斯科遭人射杀。8 月 14 日，我们去红场游览的时候经过涅姆佐夫遇害的桥堍，那里的栏杆上，悬挂着涅姆佐夫的大幅照片，照片下方，供奉着鲜花，有几束，还带着露珠。这里与红场近在咫尺，也就是说，克格勃总部[1]就在不远处。以凶狠、毒辣著称全世界的克格勃，今天却

---

1. 克格勃总部，即卢比扬卡大楼，是俄国克格勃总部常用代称，包含了俄罗斯首都莫斯科卢比扬卡广场附属监狱。该建筑属新巴洛克式建筑，1898 年落成，原为 "全俄保险公司" 总部，十月革命后被全俄肃反委员会接收，成为秘密警察总部。1940—1947 年间曾增建。目前是俄罗斯联邦安全局总部，并设有克格勃博物馆。

铁幕坚不可摧？有人穿墙而过   43

能如此不在意地静观莫斯科人悼念涅姆佐夫的行为，这更增添了我们等待的焦虑：冷战时期活跃在铁幕两边的克格勃档案解密以后，那栋底层青灰色、二楼以上米色和咖啡色镶拼而成的长方体建筑，将如何揭秘弗拉索夫和卡拉们的忠诚？

>莫斯科的克格勃总部，目前是俄罗斯联邦安全局总部，并设有克格勃博物馆

柴可夫斯基，就在时时处处

伟大的作曲家，卑劣的丈夫？

>普罗科菲耶夫，法国画家
亨利·马蒂斯作品

  圣彼得堡音乐学院的全称叫圣彼得堡国立 H.A. 里姆斯基－科萨科夫音乐学院。对谢尔盖·谢尔盖维奇·普罗科菲耶夫[1]来说，这所学校以及名字嵌入学校校名的这个人，左右了他的人生。

  1904 年，13 岁的普罗科菲耶夫带着装有四部歌剧、两部奏鸣曲、一部交响曲以及相当数量钢琴曲等自己作品的箱子投考圣彼得堡音乐学院。考务委员会委员长、作曲家里姆斯基－科萨科夫一见之下马上表示：这个学生我可是看中了。普罗科菲耶夫也是争气，在长时间的考试过程中，他稳健地通过了音乐基础、视唱练耳、作品听辨等入学科目，成为圣彼得堡音乐学院的学生，并在这座培养出众多俄罗斯音乐人才的学校一待就是十年。

---

1. 谢尔盖·谢尔盖维奇·普罗科菲耶夫（Sergei Prokofiev, 1891—1953），苏联作曲家。他曾被授予 "斯大林奖"，死后被追授 "列宁奖"。普罗科菲耶夫自称其作品是四条基准线合作的结果。古典线一方面来自于他对历史元素如古代舞蹈的缅怀，另一方面则是他对传统的继承。但这种新古典主义的作品只有一部，就是他的《古典交响曲》。而现代线则彰显他对大胆的和声、不和谐音和新颖的和弦组合的偏好。这些作品已到达调性的底线。第三条线被普罗科菲耶夫称为动力线，与之相对应的第四条线是抒情线。他的很多作品有着紧凑的节奏和粗犷的旋律。

在成为圣彼得堡音乐学院的学生之前，出生和生长在乌克兰顿涅茨克四十公里以外的松卓夫卡村的普罗科菲耶夫，去过两次莫斯科。第一次去莫斯科，普罗科菲耶夫才九岁，园艺师父亲和会钢琴的母亲带着他欣赏了古诺的歌剧《浮士德》、鲍罗丁的歌剧《伊戈尔王子》以及柴可夫斯基的舞剧《睡美人》，前辈的作品惊呆了普罗科菲耶夫。

　　一个九岁的孩子竟然能被那样的大作品深深吸引，只能说，普罗科菲耶夫是个音乐天才。其实，他的音乐天赋早在五岁的时候就开始显露，那时，在妈妈的教导下，普罗科菲耶夫已经会弹钢琴。有意思的是，他在按照妈妈的教导弹完练习曲后，常常会弹一些有着浓郁乌克兰民歌余韵的即兴创作，那些打小就在他耳畔萦绕的乌克兰民歌从

>普罗科菲耶夫纪念碑，莫斯科

柴可夫斯基，就在
时时处处

那时起就开始影响他一生的创作。

　　也只有在松卓夫卡村这样辽阔的田园风光里，乌克兰民歌才会悠扬得格外悦耳，不是吗？春天野花遍野、夏天浓荫密布、秋天麦浪滚滚闪金光、冬天大雪纷飞若仙境，园艺师父亲凭借自己出色的手艺替妻儿在这样的美景中赚得了一栋白壁绿顶的双层楼房，房屋还有庭院，庭院里的那一棵高大的七叶树和几棵洋槐树，每每村民们哼唱的民歌从远处传来，树叶就会沙沙作响。生活在此境里易生情，可是，此境离莫斯科过于遥远，而想在音乐上大展宏图，就不能距离莫斯科过于遥远。1901 年，十岁的普罗科菲耶夫再度来到莫斯科，在著名的俄国作曲家塔涅耶夫面前，信心十足地弹奏自己的作品——歌剧《无人岛》的序曲，得到了作曲家的肯定并将少年普罗科菲耶夫介绍给了基辅音乐学院的格里埃尔。跟格里埃尔学习了两年钢琴和作曲后，普罗科菲耶夫没有选择家乡的音乐学院，而是远赴圣彼得堡。大概，从那个时候起，就有一个念头深筑在了普罗科菲耶夫的心里：机会稍纵即逝，必须牢牢抓住。

　　毫无疑问，普罗科菲耶夫也懂得，能否抓得住机会，还得看自己有没有抓住机会的能力，所以，十年的圣彼得堡音乐学院的学子生涯，无论是阅读还是练琴，普罗科菲耶夫都孜孜不倦，所以，1914 年音乐学院毕业前夕，他就在带有比赛性质的毕业演奏会上因演奏了自己两年前创作的《第一钢琴协奏曲》和巴赫的一首《赋格》，获得一等奖。

普罗科菲耶夫的自信被这个一等奖推送到几近自负的地步，然而，六月的伦敦之行，他听到了同胞斯特拉文斯基的《火鸟》和《春之祭》以及法国作曲家拉威尔[1]的《达芙妮和克罗埃》，刚刚蓬勃起来的信心就被他自己藏掖起来。莫斯科舞团的佳吉列夫既霸道又识才，在聆听普罗科菲耶夫的《第二钢琴协奏曲》时，一耳朵就听到了他的才华，邀约他为舞团的作品作曲。私下里，佳吉列夫还有一个想法，用普罗科菲耶夫制衡因作品风光而骄傲的斯特拉文斯基。佳吉列夫的伎俩让俄罗斯两位同时代的伟大作曲家互相猜忌了一辈子。

　　离开伦敦以后，普罗科菲耶夫又去过一趟罗马，理查·施特劳斯[2]、德彪西、拉威尔这些西方世界里如雷贯耳的作曲家让他认为，音乐事业的重镇在西欧。1917年的俄罗斯，纷乱不堪，普罗科菲耶夫判断，如果自己继续留在祖国，而不是像斯特拉文斯基、拉赫玛尼诺夫那样走出国门，踏足西方世界的音乐圈，恐怕前途未卜。经过慎重考虑，他决定去美国。

　　卢那察尔斯基[3]在听过普罗科菲耶夫的作品音乐会后，面对普罗科菲耶夫去美国的请求，这位苏维埃人民教育委

1.拉威尔（Joseph-Maurice Ravel，1875—1937），法国作曲家和钢琴家。法国乐坛中与克劳德·德彪西齐名的印象乐派作曲家。他的音乐以纤细、丰富的情感和尖锐著称，同时也被认为是20世纪的主要作曲家之一。

2.理查·施特劳斯（Richard Georg Strauss，1864—1949），德国作曲家、指挥家。

3.卢那察尔斯基（Anatoly Lunacharsky，1875—1933），俄罗斯马克思主义革命家、苏俄首任国民教育人民委员会委员，负责文化教育。在整个事业当中，他曾积极参加了艺术批评并担任过记者。

柴可夫斯基 就在时时处处

>普罗科菲耶夫

员对普罗科菲耶夫说:"你是音乐方面的革命家,我们是现实生活的革命家,我们应该携手搞好工作才好。不过,假如你坚持一定要去美国,那我也不阻挠你。"后来,普罗科菲耶夫用行动证明,卢那察尔斯基的这句话犹如一枚钉子,楔进了他的头脑里。

1918年5月,普罗科菲耶夫离开圣彼得堡。他以为很快就能抵达他向往的美国,结果遭遇了傲慢的美国政府的拖延。为了办理赴美的入境手续,普罗科菲耶夫情非得已地在日本滞留了两个月,再启程已是8月2日。从横滨到旧金山的轮船在大洋里行走了一个多月,才在秋天时节到达目的地旧金山。颇费一番周折后又被颠簸的旅途折腾得昏昏沉沉的普罗科菲耶夫已经非常恼怒了,却又被美国当局送到外国人拘留所里。三天以后,当移民局官员确认普罗科菲耶夫没有携带炸弹、禁书这些可能会危害美国的东西后,让他上岸,此时,普罗科菲耶夫恼羞成怒却又无处发泄,身无分文的窘迫更让他英雄气短,于是,到达纽约后读到《纽约时报》上刊登的一条消息"斯特拉文斯基以后最有前途的俄罗斯作曲家来到美国",都没能让普罗科菲耶夫兴奋起来。

不顺并没有到此为止。普罗科菲耶夫发现,美国完全不同于他的祖国,没有金钱也没有背景,他的音乐事业在美国举步维艰,更不要说在美国音乐厅里推出自己的新作品了。无计可施之下，普罗科菲耶夫只有采用举行系列演奏会的办法解决经济问题。

卡洛琳娜·考琳娜[1]是西班牙人，为学习歌唱艺术来到美国边工作边读书。1918年11月的某一天，银行职员卡洛琳娜·考琳娜去卡耐基音乐厅聆听钢琴独奏音乐会，被台上演奏风格很是粗犷的俄罗斯钢琴家吸引。天下就有这么巧合的事情，几天以后普罗科菲耶夫去银行办事，正好遇到了在那里上班的卡洛琳娜·考琳娜，他们开始幽会。

舞台上的粗犷，是一种讨人喜欢的风格。将粗犷移植到生活中，往往会变味成粗鲁。也是从苏联流亡到美国的小提琴演奏家米尔斯坦不止一次与普罗科菲耶夫同桌就餐，多年以后回忆起这位伟大的作曲家，除了觉得他言语粗鲁外，"油脂溅到衣服上，嘴角堆着泡沫"是普罗科菲耶夫留给米尔斯坦最深的印象。与普罗科菲耶夫恋爱四年，他性格中不知从何而来的粗鄙难道没有在卡洛琳娜·考琳娜面前流露出来过？怎么可能！有一次，因为临时走不开，考琳娜取消了与普罗科菲耶夫的约会，普罗科菲耶夫粗暴地回应：我可不能保证不去找别人。卡洛琳娜·考琳娜当然深切感受到了普罗科菲耶夫粗鲁的一面，然而，一个尚未被社会认可的歌唱演员，被一个前途无量的作曲家爱上了，卡洛琳娜·考琳娜还有什么好说的？顶多趁普罗科菲耶夫情绪不错的时候提醒他，这个时候，普罗科菲耶

---

1. 卡洛琳娜·考琳娜（Carolina Codina, 1897—1989），西班牙歌唱家，普罗科菲耶夫首任妻子。艺名：丽娜·于贝尔。

柴可夫斯基，就在时时处处

夫通常会非常愉快地接受恋人的批评。

一个在银行工作的同时学习歌唱艺术，一个在美国、欧洲来回穿梭巡回演出，转眼之间，两个人相恋已经四年了。此时，卡洛琳娜·考琳娜已经登上了歌剧舞台，在卡尔卡诺剧院扮演《弄臣》中的吉尔达时，给自己起了一个艺名丽娜·于贝尔，希望这个朗朗上口的名字很快被观众记住。生活安定下来之后，丽娜·于贝尔希望普罗科菲耶夫尽快娶了她，然而，通过巡回演出名声日隆的普罗科菲耶夫无意马上结婚，这让丽娜很恼火。她威胁普罗科菲耶夫，如若不结婚就分手，普罗科菲耶夫耸了耸肩，算是回答了丽娜的威胁。

对两人的感情来说，这是一个很不好的信号，但丽娜·于贝尔没有太在意，还是在 1923 年 10 月与普罗科菲耶夫结婚了。从这之后的十二年，已经成为丽娜·普罗科菲耶夫的女歌唱演员放弃了自己的舞台梦想，一心辅佐作曲家丈夫，他们住在巴黎，生了两个儿子。他们在婚姻生活当中争吵不断，可是，一辈子没有红过一次脸的夫妻都是假象，普罗科菲耶夫夫妇的朋友们觉得那很正常。但事实是，很不正常，普罗科菲耶夫以乡愁难消为借口，总是和那些流亡兄弟们喝酒、吃俄式薄煎饼、应酬到深夜，留丽娜一个人在家孤寂地照顾着他们的儿子。

1988 年 10 月，91 岁的丽娜·普罗科菲耶夫在德国去世，儿子们从母亲的遗物中发现了早年间父母之间的往来通信，他们这才知道，从来没有在他们面前、在他人面前说过父亲一个"不"字的母亲，曾经被父亲这么粗暴地对待过。谢尔盖·普罗科菲耶夫在某一次与丽娜争吵以后这么写道："我对她很生气，都是她的错。唯一能让她明白这一点的办法，就是我自己要保证做到无可指摘。"

但是，普罗科菲耶夫做不到无可指摘。且不说总是以俄罗斯硬汉的名义对丽娜非常粗暴，就是在他赖以生存的音乐界，大家对他也是差评连连。俄罗斯舞团的掌门人佳吉列夫的狡猾在彼时的巴黎艺术圈几乎人人皆知，但普罗科菲耶夫还是落入了他的陷阱。在佳吉列夫的挑唆下，普罗科菲耶夫先是联手佳吉列夫手里三位俄罗斯作曲家中的杜肯尔斯基反对斯特拉文斯基，一转身又联合斯特拉文斯基反对佳吉列夫的情人，同时又在日记里详尽地记录了

>普罗科菲耶夫和第一任妻子丽娜·于贝尔

柴可夫斯基，就在时时处处

佳吉列夫的细微喜好，以备不时之需。这样的普罗科菲耶夫，怎能不让人指摘？那些指摘过普罗科菲耶夫的人们，如果知道普罗科菲耶夫在日记中这样攻击他们，指摘会不会变成决斗？

让我们看看普罗科菲耶夫是怎样攻击同胞和同行的：

斯特拉文斯基的新古典主义风格，"就像巴赫被水痘搞破了相"。

拉赫玛尼诺夫的《第二钢琴协奏曲》让人"无法忍受"。

再来看看他是怎样评价与他同时代的他国音乐家的：

肖松黏糊糊的，拉威尔是个酒鬼，德彪西像块肉冻。

这些刻毒的评语可以只写在日记里不说出来，但普罗科菲耶夫对这些人的态度，或多或少会在与他们交往的时候流露出来，于是，普罗科菲耶夫成了巴黎艺术圈不太欢迎的俄罗斯人。这种感觉很不好，这时候，他一定想起了早年离开苏联时卢那察尔斯基对他说过的一席话，1936年，他决定回国，回到苏联去。

丽娜同意他回国的决定吗？不要说丽娜成为普罗科菲耶夫的妻子后，就几乎没有反对过丈夫，即便反对了，她能阻止普罗科菲耶夫的脚步？当然，她也无法预计，从此，她的命运堕入了深渊。

回到苏联以后，普罗科菲耶夫住进了由国家专门配备给他的住宅，却没有让丽娜与他同住，而是找了一个比丽娜年轻许多的作家米拉·门德尔松[1]同居。

除了《彼得和狼》这部写给孩子们进而成为最为人们熟悉的作品外，根据列夫·托尔斯泰的多卷本长篇小说《战争与和平》改编的歌剧，是普罗科菲耶夫最重要的作品之一，而成就这部作品，米拉·门德尔松的功劳不小，她是剧本的写作者。一个创作文学剧本，一个为文学剧本谱曲，这种琴瑟和鸣的合作，更让普罗科菲耶夫坚定了与丽娜离婚的决心。

假如丽娜爽快地在普罗科菲耶夫起草的离婚协议书上签字，她之后的命运还会不会那么惨痛？既然命运无法假设，就让我们回顾一下，当普罗科菲耶夫不再当丽娜为自己的妻子后，丽娜遭遇了怎样的噩梦。

1948 年的一个晚上，在莫斯科寓所里的丽娜接到一个电话，态度强硬地让她下楼取邮件。心有感应的丽娜磨磨蹭蹭地下到一楼，就被警方以间谍罪和叛国罪的罪名逮捕，并很快被送到西伯利亚服苦役，那一年，丽娜已经 56 岁了。还好，三年以后她被释放。可是，三年的牢狱之灾给了丽娜怎样的摧残？与苏联当局纠缠了十八年才得以离

---

1. 米拉·门德尔松（Mira Mendelson, 1915—1968），俄罗斯诗人、作家、翻译家。普罗科菲耶夫第二任妻子。

>普罗科菲耶夫和第二任妻子米拉·门德尔松

开那个早已抛弃了她的丈夫的祖国后，丽娜断断续续地说过她被捕以后的遭遇："先是九个月的审讯和酷刑，被绑成极其痛苦的姿态。整整三个半月不让睡觉，还被安慰'不要担心，当你感受到警棍的厉害，你会尖叫得更响'。"丽娜仿佛不知道，将她拖入这场噩梦的丈夫、伟大的作曲家谢尔盖·谢尔盖维奇·普罗科菲耶夫此时却与米拉·门德尔松如夫妻一样缱绻，同时看着斯大林的眼色履行着苏联作曲家的职责。

上海交响乐团 2010 年至 2011 年演出季的闭幕演出，选择了普罗科菲耶夫的《第二小提琴协奏曲》。在这场于 2011 年 6 月 25 日举行的音乐会之前，我曾到现场听过王羽佳弹过普罗科菲耶夫的《第三钢琴协奏曲》，被小姑娘钢琴家以魔鬼速度敲击琴键的演奏风格轰炸得头晕目眩。当然，那不是王羽佳的错，普罗科菲耶夫的《第三钢琴协奏曲》以"机械的节奏动力、尖锐的和声和意外的转折"著称于世，那么，《第二小提琴协奏曲》呢？当他注目于小提琴的时候，竟然柔情起来，把钢琴当打击乐的普罗科菲耶夫，还小提琴的是它最本真的不绝如缕。是乐器改变了普罗科菲耶夫吗？查一查普罗科菲耶夫的创作年表，我们会发现，《第三钢琴协奏曲》完成于他的第二创作时期，在异国他乡始终没有找到能让自己心安的居所，那种漂泊不定的惊慌和仓

>普罗科菲耶夫，俄罗斯画家彼得·康查洛夫斯基作品

皇会流露在作品中，这不足为奇。而《第二小提琴协奏曲》则起笔于即将离开的巴黎，回到苏联以后用了整整二十年才完成。那么，从 1933 年到 1953 年作曲家去世的二十年间，普罗科菲耶夫的状态一直如他的《第二小提琴协奏曲》所宣泄的柔情那么绵长吗？那么，他的柔情只属于米拉·门德尔松。从丽娜不肯签署离婚协议直到他去世，普罗科菲

柴可夫斯基，_{就在}时时处处

耶夫都没有就丽娜为他遭受的不公正待遇给丽娜一个亲吻、一个亲密的抚慰。

即便如此，丽娜·普罗科菲耶夫直到离开这个世界都没有对普罗科菲耶夫的绝情说过一句重话。"她拒绝相信发生在她身上的事情是真的。"丽娜的德国朋友这样说。恐怕只有这样，丽娜才得以在普罗科菲耶夫死后又在这个世界上活了 35 年。至于她不顾一切维护作曲家丈夫名誉的做法，则更加显现出：普罗科菲耶夫是一个伟大的作曲家，却是一个卑劣的丈夫。

> 普罗科菲耶夫墓地，莫斯科新圣女公墓

乡愁如潮水，退后一片荒芜

不知道有多少影视作品用了拉赫玛尼诺夫[1]的《帕格尼尼主题幻想曲》来做插曲甚至主题曲？

仅我知道的，就有一部美国电影《时光倒流七十年》和一部韩国电视连续剧《密会》。

微信扫码

戴上耳机，用声音为你呈现异国风采

大学生瑞查在毕业典礼上遇到了一位神秘的老妇，老妇不由分说地送给他一块金表，并让他在典礼结束后去找她。瑞查心生疑窦，虽很想知道老妇为何送他金表，但年轻人的生活总是过于丰富，一转头，瑞查就把老妇和那块金表忘了。时光匆匆，转眼间八年光阴流逝，瑞查已经成了一位剧作家。一次他住进一家年代颇为久远的旅馆里度假，发现房间墙上张贴着一张相片，上面

---

1. 拉赫玛尼诺夫（Sergei Rachmaninoff，1873—1943），出生于俄罗斯的作曲家、指挥家及钢琴演奏家，1943年临终前入美国籍。拉氏是20世纪最伟大的作曲家和钢琴家之一。他的作品甚富俄国色彩，充满激情、旋律优美，其钢琴作品更是以难度见称。

柴可夫斯基，就在时时处处

拉赫玛尼诺夫

的女明星很是眼熟，突然，他想起了毕业典礼上巧遇的那位老妇和那块金表，便开始了寻找之旅，这才发现，他遇到的老妇就是照片上的女明星，而她就在遇见他的那天晚上辞世了。可是，老妇临死前为什么要特意赶到瑞查的毕业典礼上送给他一块金表呢？原来，瑞查的前世在七十年前曾经与女明星相恋过，还在这家旅馆里度过良宵。知道真相后，瑞查排除万难，让自己穿越到七十年前，彼时，瑞查比现在还潇洒，老妇则是个明眸皓齿、风情万种的摩登女郎，他们缱绻得须臾不能分开，可是，必须穿越才能玉成的爱情无法让他们白头偕老。分手在即，拉赫玛尼诺夫的《帕格尼尼主题幻想曲》渐渐响起，直至声震屋宇。

如此催情的音乐，怎不叫人泪水涟涟，从此，我记住了拉赫玛尼诺夫的《帕格尼尼主题幻想曲》。

韩剧《密会》是一部婚外恋加姐弟恋的剧集，这样的题材听起来很让人不齿，但不像一般韩剧那般婆婆妈妈的《密会》，因为剧情格外紧凑，更因为用了多部古典音乐作品而被很多非韩剧粉们追捧。像是古典音乐MV的《密会》，先后引用了舒伯特的《f小调幻想曲》、莫扎特的《第8号a小调钢琴奏鸣曲》、拉赫玛尼诺夫的《帕格尼尼主题幻想曲》和勃拉姆斯的《A大调间奏曲》。如果说舒伯特的

《f小调幻想曲》引发了男女主人公初见时的悸动，男主人公弹奏的莫扎特的《第8号a小调钢琴奏鸣曲》彻底扰乱了女主角的芳心，那么，拉赫玛尼诺夫的《帕格尼尼主题幻想曲》绝对是《密会》的主题音乐：爱如潮水，淹没了两人之间所有的世俗障碍。

我不知道听过多少次拉赫玛尼诺夫的《帕格尼尼主题幻想曲》，从影视剧中，从音乐会视频中，从音乐会现场……那天，观看纪录片《悲歌：拉赫玛尼诺夫传记》，此曲渐渐由弱变强，我依然是从双臂开始酥麻，到整个人又一次被俘获。

或许很多人会觉得，拉赫玛尼诺夫的《帕格尼尼主题幻想曲》就是为爱情而写的，是吗？不是。这部取材于帕格尼尼《二十四首小提琴随想曲》的作品，写于1934年，离开祖国17年的拉赫玛尼诺夫，彼时已经61岁，过了花甲之年。俄罗斯人虽然非常崇尚西欧特别是法国文化，许多作家诸如屠格涅夫、赫尔岑都曾在巴黎长期生活过，但是当他们垂垂老矣时，无一不想落叶归根回到家乡，拉赫玛尼诺夫也是。1934年，凭借自己世界一流的钢琴演奏水平，17年前只带了三万卢布现金和必要的谱子就凄惶地带着家人途经瑞典来到美国的拉赫玛尼诺夫，早已经有演出经纪人，斯坦威是他的钢琴供应商，爱迪生唱片公司与他签了约……他已经是一个衣食无忧的资产者，却无法排遣对祖国的思念。"我离开俄罗斯之后就再也没有创作欲望了。离开了祖国，也迷失了自我。在这样一个远离了我的

柴可夫斯基，就在时时处处

根、我的民族传统的流亡国度，我不再想表达我的内心。"
所以，《帕格尼尼主题幻想曲》一定是拉赫玛尼诺夫的乡
愁。那个总在制造话题的霍金，不喜欢此曲，称其充溢着
"俄罗斯的忧郁"。就算如霍金所言，此曲充满了俄罗斯的
忧郁，这个总是被祖国温柔呵护的科学家，怎能体会被祖
国放逐的拉赫玛尼诺夫的悲戚？这部作品在遍撒令人眼花
缭乱的钢琴技巧后，突然，在第十八个变奏时放慢速度，
第十八之前是他乡的高山流水，而从第十八开始则是广阔
无垠的俄罗斯大地，在伏尔加河永不停歇的潺潺流水声的
伴随下，让人难以忘怀。

拉赫玛尼诺夫之所以成为我最早能背出其名字的外国
音乐家，缘于一部根据李国文先生的小说《空谷幽兰》改
编的电影《琴思》。影片在描述两代音乐人在战争和"运
动"中的坎坷命运时，引用了拉赫玛尼诺夫的故事以及拉
赫玛尼诺夫那句听来让人肝肠寸断的话："我离开俄罗斯之
后就再也没有创作欲望了。离开了祖国，也迷失了自我。
在这样一个远离了我的根、我的民族传统的流亡国度，我
不再想表达我的内心。"1982 年，我正学着挣脱懵懂，想
要看清周遭世界，就记住了这句泣血之言和说这句话的人。

2015 年 8 月，距离我听到拉赫玛尼诺夫这个名字 33
年后，我来到了俄罗斯，来到了莫斯科。此行带着很多想
要实现的愿望，其中之一就是找一找在莫斯科阿尔巴特
大街上的拉赫玛尼诺夫故居。去列夫·托尔斯泰庄园是可
以大声宣扬的，而寻找拉赫玛尼诺夫在阿尔巴特大街上

>拉赫玛尼诺夫雕像，莫斯科

柴可夫斯基，^{就在}时时处处

的故居，则被我小心地藏掖——之前，听说有人在阿尔巴特大街上走了几个来回问过不少当地人，都没有找到拉赫玛尼诺夫的故居。如果宣称要去寻找却最终没有着落，我会非常难过。

下午到达阿尔巴特大街。以我对大都市步行街的了解，这个时间的阿尔巴特大街应该最热闹，可是，关于俄罗斯因为被西方制裁而日渐萧条的传说，似乎都在阿尔巴特大街得到了印证：来回穿梭的似乎都是游人，进出商店的似乎都是游人，只有当地人有时间驻足的咖啡馆，空空荡荡——就算是处于寒带，也是八月啊，阳光下步履匆匆的话，薄汗还会濡湿单衣，但阿尔巴特大街的寂寥让我感觉冷。从参观者络绎不绝的普希金故居出来，我紧了紧衣襟，加快步伐开始我的寻找。从阿尔巴特大街 53 号开始，往纵深处走去，还时不时拐进侧旁的小巷里走几步，不少以艺术为题的塑像，不少以各种艺术手段挣钱的街头艺人，就是没有一处明确标示，指明拉赫玛尼诺夫的故居在哪里。于是，在被穿成大狗熊样子的男人硬拉住拍了张照片又被索要 1000 卢布后，我很气愤。气馁至极时，不远处传来清亮的歌唱的女声，循声望去，只见穿天蓝色连衣裙的素颜女子，怀抱一把琉特琴在吟唱，硬是将使人瑟瑟的阿尔巴特大街唱出了一丝丝天街的感觉。今天，拉赫玛尼诺夫终身为之努力的音乐以这样的方式在他的故居不远处留存着，对他也是一种安慰，对吗？

不然，这个国家对这位被世界各地很多乐迷供奉在心里的作曲家，也太不仁慈了吧？！

19世纪80年代，从九岁开始学习音乐的拉赫玛尼诺夫，被圣彼得堡音乐学院的老师告知，他不是一个音乐天才。沮丧和灰心之下，拉赫玛尼诺夫只有在堂哥、柴可夫斯基的情人西洛蒂的推荐下到莫斯科学习音乐。离开圣彼得堡是拉赫玛尼诺夫最不愿意做出的选择，可是，为了音乐又只能如此。1889年，拉赫玛尼诺夫考入了莫斯科音乐学院，跟随著名钢琴家西洛蒂学习钢琴、跟随著名作曲家塔涅耶夫和阿连斯基学习作曲，开始接受更为严格、正规、系统的教育和训练。1891年和1892年，他先后以优异的成绩从钢琴班和作曲班毕业，从此开始了他独立的音乐家生涯。

最初，拉赫玛尼诺夫是以钢琴演奏家的身份活跃在俄罗斯乃至欧洲的音乐舞台上的，就在他以独特的演奏方式以及深厚的钢琴造诣得到音乐界和爱好音乐的人们的认同时，家庭变故一下子将他抛入贫困的边缘。已经快要举行婚礼了，他却还要为婚礼所需资金写作十二首歌。逆境促人成功，渐渐地，人们开始接受拉赫玛尼诺夫也是作曲家的事实，而拉赫玛尼诺夫也希望通过一部大作品来巩固自己作曲家的地位。1895年，拉赫玛尼诺夫的《第一交响曲》问世，但在1897年的首演中惨遭滑铁卢。一位俄罗斯音乐家这样评论拉赫玛尼诺夫的这部作品：如果地狱需要一位作曲家，那么拉赫玛尼诺夫最合适。各种非议让拉赫玛尼诺夫异常痛苦，他索性丢开纸和笔，开始专注演奏和指挥,一时成为欧洲古典音乐舞台的宠儿。

被人认同总是一件让人愉悦的事情,心情大好的拉赫玛尼诺夫重新尝试作曲。1901年,拉赫玛尼诺夫作品中最为人称道的《第二钢琴协奏曲》诞生。这部由作曲家自己担纲首演的作品,从一开始就用弦乐奏响的动人旋律攫住了听乐者的耳朵、心灵乃至记忆。是的,最伟大的音乐家都很难做到当一个旋律在初听者的耳旁一闪而过数分钟以后还能被这位初听者哼唱出来,但拉赫玛尼诺夫的《第二钢琴协奏曲》起始部分的这一段弦乐,相信会让所有愿意坐下来听一听的人过耳不忘。第一乐章、第二乐章、第三乐章,它们宛若作曲家为听乐者打开的一扇扇窗户,每一扇窗户外的风景都很怡人,于是,我们就目不暇接了。

作曲家拉赫玛尼诺夫成功了。

但是,拉赫玛尼诺夫想以作曲家和钢琴家的身份安静地忙碌在阿尔巴特大街的家里或者家乡伊万诺夫卡直到终老的愿望,却没能实现,战乱来了。社会秩序反转以后,"剧院里坐满了观众……大厅里全是无产者,他们从来不曾见过芭蕾,都打着哈欠等着演员说话。"(费德洛夫斯基《俄罗斯芭蕾舞秘史》)这样的剧场效果太让拉赫玛尼诺夫疑惑、伤心和不满了,1917年下半年,没有人逼迫,只是拉赫玛尼诺夫觉得,祖国的环境已经不能成全他做一个作曲家和钢琴家的意愿,于是只好携家带口仓皇出走,先斯德哥尔摩,后纽约。

纽约如他1909年首次踏足时一样,车水马龙、纷乱杂沓，那时古斯塔夫·马勒还在世，都不能让拉赫玛尼诺夫喜欢上这里。现在，马勒已经带着他的不安和疑虑去了天堂，拉赫玛尼诺夫就更没有喜欢纽约的理由了，可残酷的现实是：有妻子和两个女儿的他，却已负债累累。拉赫玛尼诺夫只有使出自己弹奏钢琴的绝招，帮助家庭尽快在美国站住脚跟其至过上衣食无忧的生活。后来，人们统计过，从 1917 年他离开祖国到 1943 年去世，仅在美国，拉赫玛尼诺夫担纲的音乐会就超过了 1000 场，这是怎样的强度啊？这样的演出强度，累坏了拉赫玛尼诺夫的手指，晚年，他总是抱怨自己的手不得劲，连自己的前奏曲都弹不好。

其实，他更想抱怨的，就是到了美国之后，自己的创作再度陷入低潮，除了零敲碎打的几个小作品外，没有像样的作品问世。外界评论，是过于频繁的音乐会剥夺了他思考和创作的时间，而只有拉赫玛尼诺夫自己知道为什么。

1931 年，流亡在国外的俄罗斯知识分子在《纽约时报》上联名发表了一篇文章，"任何时候任何国家都不存在这样一个政权犯下如此多的暴行，都是布尔什维克在作恶，他们是职业屠杀者"，文章中这样的字眼深深地刺激了斯大林与他的政府，署名其上的拉赫玛尼诺夫，他在伊万诺夫卡的家被彻底拆毁，音乐家本人清楚，他的祖国等于在告诉他，祖国的大门已经永远向他关闭。就算是在纽约罗德岛的家里请了俄裔管家、俄裔厨师、俄裔司机，又能怎样？拉赫玛尼诺夫说："我离开了我的祖国。在那里，我忍受过我青年时代的悲伤，并和它搏斗。在那里，我取得了巨大的成功。现在，全世界都对我开放，到处都是成功在向我招手。但是，只有一个地方，只有一个地方我回不去，那就是我的祖国，我出生的那片土地。"

祖国的弃绝，让拉赫玛尼诺夫的思乡之情愈发浓烈；祖国的弃绝，让拉赫玛尼诺夫无心也无意再在五线谱上书写对家乡、对亲人的思念。乡愁如潮水，退后一片荒芜，没有一部作品可以代言彼时拉赫玛尼诺夫心中无尽的苦楚。

1934 年，拉赫玛尼诺夫在瑞士卢塞恩的谢娜找到一处

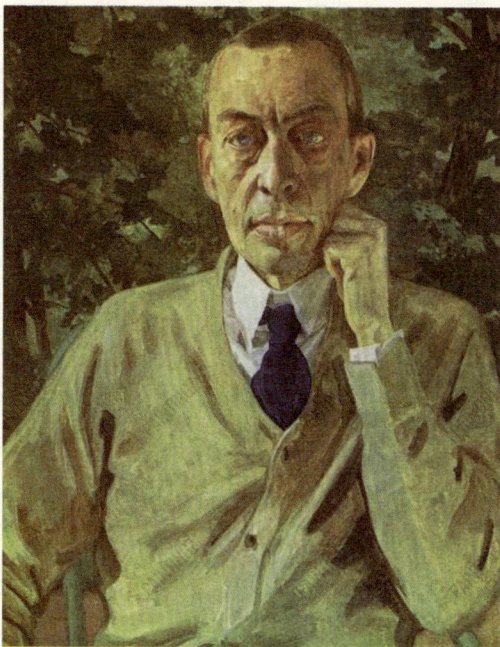

>拉赫玛尼诺夫肖像画，俄罗斯画家康斯坦丁·索莫夫作品

面向大海的山谷，他毫不犹豫地在这里大兴土木，很快就把家从美国搬到了这里。住进谢娜的新居后，他在心里丈量了一下距离家乡的路途，谢娜显然要比纽约近了许多，内心竟然马上安宁了下来，《帕格尼尼主题幻想曲》横空出世。有人说，拉赫玛尼诺夫的这部作品"那么动人的旋律却一个劲儿地往上攀登，已经到山顶了还不肯罢休，结果只能是声嘶力竭"，那是因为，评论者的乡愁没有拉赫玛尼诺夫的苦涩、悠长和浓烈。

当大家都认为拉赫玛尼诺夫的第三度创作高峰将在谢娜持续下去时，第二次世界大战来了，欧洲、瑞士、卢塞恩、谢娜再也待不下去了，拉赫玛尼诺夫只好携家人再度回到美国。1943 年，在远到感觉不到祖国心跳的纽约，拉赫玛尼诺夫的心跳永远停止，因为战争，家人无法帮助他完成夙愿安葬在谢娜，而是长眠于纽约瓦尔哈拉。

"我的音乐或许是深夜里那漫长而黑暗的终曲。"可是，拉赫玛尼诺夫与祖国共有的天空黑夜过于漫长，直到今天，祖国似乎都没有跟拉赫玛尼诺夫讲和，不然，祖国怎么会让莫斯科阿尔巴特大街上他的故居隐匿得让人无法找寻？如此，在伊万诺夫卡重建起来的拉赫玛尼诺夫的旧居就像是一个笑话，那簇新的绿和簇新的白，怎么配得上作曲家借助帕格尼尼的旧作所抒发的排山倒海的乡愁？

写在五线谱上的俄罗斯声音，
从这里散播出去

每个爱乐者都有自己开始迷恋上古典音乐的钥匙。我的钥匙是一张鲁宾斯坦弹奏肖邦夜曲全集的唱片。在得到这张唱片之前，我还没有搞清楚《夜曲》《玛祖卡》《波洛涅兹》等肖邦所擅长的舞曲之间的千差万别，但喜欢钢琴的叮咚声由来已久。得到那张唱片是在初夏，傍晚我就将唱片塞进播放机里。如小溪一样清亮，因为沉淀太多的记忆，所以流淌得特别缓慢，清溪也就有了浓酒的功力。微醺中，我感觉自己漂浮起来，是酣睡前身体的各个部位都极为妥帖的状态。就在这时，宛若仙乐一样的声音响起，它太好听了，刺激得我"嚯"地坐了起来，拿起唱片封套，对应到此曲名叫《降 E 大调作品第九号》后，一遍遍地只听此曲。大概在两个星期之后，我命令自己尝试聆听唱片中肖邦的其他作品，奇迹发生了：第一次听时未觉怎样，此番重听竟然曲曲入耳入心。为了随时能听到鲁宾斯坦弹奏的肖邦《夜曲》，我索性将唱片转录到 iPod 里。有一年秋天去看法兰克福书展途经巴黎，只在图片上见识过的埃菲尔铁塔、卢浮宫突然就在几步之遥，我兴奋得到巴黎的那晚一分钟都没有睡着，凌晨五点半，索性起身慢跑在巴黎的街头，iPod 就在口袋里，播放的就是肖邦的《夜曲》。

从此开始追随古典音乐，它让我找到了又一个灵魂的寄放处。在那时我就发愿，可能的话，要到离鲁宾斯坦最近的地方感谢他。巨匠已逝，离他最近的地方就是他曾踏足过的地方，而音乐厅一定是不二选择。因为舞台上的大师或巨匠倾心一刻的表演，现场才是古典音乐爱好者的隐秘又心照不宣的欢聚之所。

有怎样的音乐厅决定着有怎样的现场质量，而现场质量又决定着乐迷们的欢乐度。

有了这样的体会，后来有可能自己去欧洲各处走走时，每到一个地方，我都会去寻找当地的大剧院或音乐厅。

维也纳的金色大厅在此地早已名声大噪，可它就"站"在维也纳的一个街角，很不起眼。据说，金色大厅里的陈设也很陈旧，倒不是奥地利没有钱整修，他们曾经将大厅里的地板换成新的，结果音效大不如前，只好又将老地板换回去。

捷克国家大剧院坐落在伏尔塔瓦河旁查理大桥边，一座长方体的浅褐色建筑顶着一个金色的屋顶，只是经历了风吹雨打后金顶已然暗淡，但这座大剧院却因斯美塔那和德沃夏克而为全世界的乐迷所向往。1990 年，在刚刚摆脱了极权主义和外国势力的捷克，举行了以 1968 年那次改革运动来命名的盛大活动——"布拉格之春音乐节"。在包括捷克新总统哈维尔在内的全场观众的掌声中，阔别祖国四十二年的捷克著名指挥家拉法埃尔·库贝利克[1]登上了指挥台。从库贝利克的指挥棒下流出的斯美塔那的《我的祖国》的旋律，是再次响起的一个苦难民族的声音。库贝利克的心、哈维尔的心、全场观众的心、一个民族的心随着伏尔塔瓦河流淌。演出过程中，库贝利克努力压抑着自己积聚了四十多年的情感，一曲终了，这位 76 岁的老人还是禁不住老泪纵横。这一幕，让捷克国家大剧院更加富有魅力。

我去看法兰克福歌剧院，是在早晨。布幔将大剧院围得严严实实的，它的样子我们只有通过看看喷涂在布幔上的它的"倩影"略微了解一下——它在大修。第二次世界大战期间，法兰克福歌剧院几乎被炸毁，在很长一段时间里，它一直以废墟的模样残留在法兰克福街头，以警示德国人民，战争的加害者同样也是受害者。到了 20 世纪 70 年代，法兰克福全民投票以后决定重建老歌剧院，不过，依照的是原来的模样：外形是古希腊风格，圆拱形窗户是后文艺复兴风格，它的内部是富丽堂皇的巴洛克风格。不过，我去看它的时候，只能隐约看到希腊风格的外形。但是，广场圆柱上张贴的上一个演出季的信息还在，我不甘心地一张张看过来，发现几乎每一场音乐会的门票都只要 20 欧元。

---

1. 拉法埃尔·库贝利克（Rafael Jeroným Kubelík, 1914—1996），捷克指挥家、作曲家。

>向全世界传播俄罗斯音乐的莫斯科大剧院

柴可夫斯基，就在
时时处处

可惜的是，我的假期多半在欧洲大剧院、音乐厅的休整期。除了在维也纳的莫扎特公园里听过一场以维也纳爱乐为名的莫名其妙的音乐会外，我与这些大剧院、音乐厅里的顶尖音乐会全部擦肩而过，以至于在去俄罗斯之前，我差一点忘记查找莫斯科国家大剧院的资料。匆忙中浏览到，鲁宾斯坦与莫斯科大剧院有着千丝万缕的关系，我不由得兴奋起来：一定要到莫斯科大剧院门前站一站，以感谢鲁宾斯坦将我领进欣赏古典音乐的大门。

在莫斯科的几天里，我们的车几次从大剧院门前经过，如若不是有人指点，我真不以为那就是闻名全世界的莫斯科大剧院。

这家大剧院之所以能够闻名遐迩，是因为以编舞精粹、舞姿典雅、舞技绝佳为特点的俄罗斯芭蕾，几乎每一部作品都是在这里成形、成熟、成功的，《天鹅湖》《胡桃夹子》《睡美人》……两百多年的积累，使芭蕾舞成了莫斯科大剧院的金字招牌。

如果愿意将古典音乐放到视野里去打量莫斯科大剧院，我们会发现，古典音乐的莫斯科大剧院，一点也不逊色于芭蕾的莫斯科大剧院，听一听这些名字：柴可夫斯基、穆索尔斯基、普罗科菲耶夫、格林卡、拉赫玛尼诺夫、鲍罗丁……因此，我不揣冒昧地猜想：如果没有莫斯科大剧院，这些作曲家的作品可能就没有了发布的最佳场所，那么，古典音乐的世界还会不会是今天这样的格局——德奥和俄罗斯分庭抗礼？

乳白色是这座大剧院的主色调，门前竖立着的八根古希腊伊奥尼亚式的圆柱每根高 15 米，让柱廊式的正门更见雄伟壮丽。而门顶上的四驾青铜马车，由阿波罗神驾驭，气势磅礴。恰巧又是剧院休整期，莫斯科大剧院的大门紧闭着，我站在高大的柱廊里，视野并不比坐在车里时更加开阔，美丽的圆柱挡住了我的视线，看不见大剧院的全貌。但是，我看到了自己犯的错误。

不错，是有一个鲁宾斯坦与莫斯科大剧院有着千丝万缕的关系，但不是赐予我打开古典音乐大门钥匙的钢琴家阿图·鲁宾斯坦[1]，而是俄罗斯作曲家、钢琴家安东·鲁宾斯坦[2]。

只是，作曲家安东·鲁宾斯坦和钢琴家安东·鲁宾斯坦都不能跻身世界一流，现在，我们一说及音乐界的鲁宾斯坦，总是指波兰的钢琴演奏巨匠阿图·鲁宾斯坦。是莫斯科大剧院告诉我，著名的音乐家中姓鲁宾斯坦的至少有三位，还有一位是安东的弟弟尼古拉·鲁宾斯坦[3]。

>安东·鲁宾斯坦肖像画，列宾作品

1. 阿图·鲁宾斯坦（Arthur Rubinstein, 1887—1982），美籍波兰裔犹太人，著名钢琴演奏家，生于波兰罗兹，是 20 世纪最杰出、"艺术生命"最长的钢琴家之一，常被世人尊称为"鲁宾斯坦大师"。
2. 安东·鲁宾斯坦（Anton Rubinstein, 1829—1894），俄罗斯钢琴家、作曲家及指挥家。
3. 尼古拉·鲁宾斯坦（Nikolai Rubinstein, 1835—1881），俄罗斯钢琴家、作曲家。他是安东·鲁宾斯坦的弟弟，也是彼得·伊里奇·柴可夫斯基的好友。

>尼古拉（左）和安东（右）·鲁宾斯坦兄弟

1829 年 11 月，安东·鲁宾斯坦出生在一个有文化的犹太人家庭，幼年便显示出过人的音乐才华，十岁时开始以钢琴演奏者的身份游历欧洲，认识了肖邦、李斯特、门德尔松等音乐界的巨擘。从音乐的实践者转型为音乐家的管理者的种子，就是在那时埋下的吗？

1859 年，在异国他乡巡演多时的安东·鲁宾斯坦回国，定居在圣彼得堡，开始了他一生中最重要的音乐事业——创办俄罗斯音乐协会。有这位当时在欧洲最负盛名的俄罗斯音乐家的倡导，俄罗斯音乐协会很快成立并开始了活动，安东·鲁宾斯坦无疑是协会的中坚，指挥协会在圣彼得堡举办交响音乐会，还以独奏家的身份参与交响乐演奏会和室内乐演奏会。音乐活动在圣彼得堡兴盛起来后，安东·鲁宾斯坦开始意识到当地音乐人才的缺乏，就主持协会开设"音乐班"，不久，这个班在 1862 年改建为俄国历史上第一所音乐学院，即现在的圣彼得堡音乐学院，由他亲自担任院长。在安东·鲁宾斯坦的领导之下，音乐学院很快达到了很高的水平，吸引到像柴可夫斯基这样才华卓绝的学生入学并成为学院的第一届毕业生。这让鲁宾斯坦更意识到专业音乐人才的价值，于 1866 年与兄弟尼古拉·鲁宾斯坦一起在莫斯科创办了莫斯科音乐学院，使之直到今天都是俄罗斯音乐活动的重镇——1986 年 4 月，出国六十载、已经 82 岁的世界顶级钢琴大师霍洛维茨克服种种障碍，回到祖国开独奏音乐会，选择的就是莫斯科音乐学院的大礼堂，莫斯科音乐学院因此更加荣耀。1986 年 4 月 20 日，莫斯科下雨。4 月的莫斯科，寒冬的余威尚在，许多没有得到音乐会门票的莫斯科人就站在莫斯科音乐学院的礼堂外"聆听"了一整场霍洛维茨的钢琴独奏音乐会。其实，他们什么也听不见，他们的别样聆听，是想在日后告诉他人，"那天，我在那里。"

在安东·鲁宾斯坦故去近一个世纪之后，一场意义非凡的音乐会选择了他创办的音乐学院，安东·鲁宾斯坦地下有知，会不会倍感欣慰？不过，更让他喜出望外的，一定是那些站在礼堂外感觉一场音乐会的莫斯科人，一百多年前，他勠力创办音乐协会和音乐学院，不就是为了让音乐能够滋养更多的俄罗斯人吗？所以，尽管与坚持民族主义风格的"强力五人团"在音乐理念上有着巨大的分歧，安东·鲁宾斯坦却从来没有放弃过与穆索尔斯基他们同台呈现音乐的机会，他在莫斯科大剧院担任钢琴独奏或者指挥乐队演出，与"强力五人团"一起，让俄罗斯音乐的作品风格既驳杂又绚烂。

让音乐之花像在德奥大地一样在俄罗斯盛开，安东·鲁宾斯坦的愿望已经成为现实。今天，我们可以假装看不见白银时期的俄罗斯文学有多么辉煌，但谁都无法忽略俄罗斯的音乐作品，哪怕在德奥这两个古典音乐发祥的国家，

柴可夫斯基，就在时时处处

>安东·鲁宾斯坦塑像，列宾作品

音乐厅里时常会响起柴可夫斯基、拉赫玛尼诺夫、普罗科菲耶夫、斯特拉文斯基等写在五线谱上的声音。这些声音，也许不像被称作 3B 的巴赫、贝多芬、勃拉姆斯的声音那般如雷贯耳，就像夜幕下的莫斯科大剧院，素净的射灯里，它的模样远不如红场的夜景那般流光溢彩，但谁又能忽视就在红场不远处的这座艺术圣殿呢？

一枚棋子？照样走通全世界

回家以后，我才知道大卫·奥伊斯特拉赫[1]也被葬在莫斯科新圣女公墓，擦肩而过的痛悔，不能言说。

君生我未生，我来君已走。与大卫·奥伊斯特拉赫的缘分，只是一小叠唱片，没有在他的墓前深鞠一躬表达我的敬意和谢意，回来不是照样聆听他弓下弦上的贝多芬、西贝柳斯和柴可夫斯基吗？

很小的时候，每每看见奶奶在大暑节气里拿出压在箱底的宝蓝色寿衣暴晒，我都要撇嘴：迷信！而今，马齿徒增，我越来越相信人的肉身可以灰飞烟灭，但灵魂永在，飘浮在爱过他们的我们的四周，只等我们无助时，伸出援手。德国著名的儿童文学作家米切尔·恩德[2]的那一篇《俄菲利娅的影子剧院》，我在人到中年的时候读到，真是感慨万分：曾经在剧院舞台上忙碌过的角色们变成亡灵后，能

---

1. 大卫·奥伊斯特拉赫（David Fyodorovich Oistrakh, 1908—1974），苏联犹太裔小提琴家。
2. 米切尔·恩德（Michael Ende, 1929—1995），德国奇幻小说和儿童文学作家。以《说不完的故事》闻名于世。

如此帮助陷于困窘中的剧院售票员俄菲利娅，他们以此回报前世的温情，丰润至极。

我如果能够在大卫·奥伊斯特拉赫的墓前深鞠一躬，回来再听他的唱片，那么，他的《贝多芬小提琴协奏曲》为什么在恢宏之外多了一些小心翼翼？他的《西贝柳斯小提琴协奏曲》为什么在冷峻之外多了不少超拔？他的《柴可夫斯基小提琴协奏曲》为什么在大河奔流之外多了许多再回首？这些问号会不会就有答案？不知道。

就像在同学家第一次听他的唱片时，我不知道他会成为我这么多年来不离不弃的小提琴演奏家一样。

我的大学同学池先生，三年级时转而投向古籍整理，却有着与职业选择看似风马牛不相及的业余爱好——古典音乐。大学毕业之后，池先生留校任教，老师的职业习惯使然，他很愿意我们去他家听他讲古典音乐，听他收藏的唱片。聆听柴可夫斯基的小提琴协奏曲的"那堂课"，海菲茨、安妮·索菲·穆特、柯岗、郑京和……我独独对封套上有着一个肥硕男人的那张唱片最有感觉。该死的是，我就是记不住他的名字，已经不知道是第几遍问"他是谁"了，一起聆听的旧日同学忍不住嬉笑起来，我这才记住，这个身材臃肿、脸部与脖子之间失去了分割线、发际线严重后退的胖子，名叫大卫·奥伊斯特拉赫。在这之前，我所喜欢的音乐家都很清癯，如海菲茨、拉赫玛尼诺夫、伯恩斯坦……听过大卫·奥伊斯特拉赫的《柴可夫斯基小提琴协奏曲》后，我在很长一段时间里到处寻找他的唱片，

柴可夫斯基，就在
时时处处

他庄重而不失热情的演奏彻底俘获了我，以至于我完全顾不得去计较他的长相。

但是，我听到了他和梅纽因[1]合作的《巴赫双小提琴协奏曲》。

生于 1916 年的梅纽因站在生于 1908 年的奥伊斯特拉赫身边，八年竟使两人看上去有着隔代的差距。已经深深爱上大卫·奥伊斯特拉赫的琴声的我，觉得是美国人过于清瘦才让燕尾服下肚子高高隆起的奥伊斯特拉赫风度尽失的，于是在心里说：听听吧，听谁更能倾诉衷肠。琴声来了，先是梅纽因，弓弦之间，清亮的旋律如澄明的天

>梅纽因

---

1. 梅纽因（Yehudi Menuhin, Baron Menuhin, 1916—1999），美国犹太裔小提琴家、指挥家。

空，聆听者的眼睛像是被琴声擦拭过了，再看周遭，一片清澈。听到这里，我不免着急：有这样的梅纽因打底，大卫·奥伊斯特拉赫怎么办？这个胖子，下弓真是狠，我以为将要听到伯牙摔琴之音，没有想到弓触弦的刹那，力量被演奏者狠狠地收住了，于是琴声辽阔，音乐温厚起来，一时间我明白了，高傲的美国人耶胡迪·梅纽因怎么肯站在苏联人大卫·奥伊斯特拉赫的身边。

梅纽因是否有过跟我一样的疑惑，生于 1908 年卒于 1974 年的大卫·奥伊斯特拉赫怎么会成为世界一流的小提琴演奏家的？9 岁那年，十月革命爆发，1974 年，苏联还处于勃列日涅夫统治之下——外界有一个共识，苏联时期没有艺术，不然，斯特拉文斯基、拉赫玛尼诺夫怎么会远走他乡？出走以后又回归的普罗科菲耶夫怎么会没有像样的新作问世？肖斯塔科维奇怎么会在自传里表现得那么胆战心惊？罗斯特罗波维奇怎么会被开除国籍？为什么霍洛维茨要冒险投奔远方直到垂垂老矣才回家？

与这些流亡艺术家相比，大卫·奥伊斯特拉赫是个异数，在音乐爱好者父亲和歌剧院合唱队员母亲的熏陶、感染下，他从小就表现出对音乐的敏感。5 岁便跟随著名音乐教育家彼得·斯托利亚尔斯基学习小提琴，12 岁就开始登台演出，1926 年从敖德萨音乐学院毕业。19 岁因受作曲家本人邀请与列宁格勒爱乐乐团合作演奏格拉祖诺夫的小提琴协奏曲而在国内名声大噪。1934 年，大卫·奥伊斯特拉赫进入莫斯科音乐学院任教，是年，他 26 岁。早早便

柴可夫斯基，就在时时处处

功成名就的大卫·奥伊斯特拉赫并没有故步自封，一辈子在小提琴上"耕耘"的他，少见其有著述存世，但在朋友们的记忆里，他是一个敏而好学的谦逊之人。在俄罗斯丰厚的文化传统滋养下，大卫·奥伊斯特拉赫形成了自己独有的演奏风格：在精准的技巧辅佐下，总能将曲目表现得充满诗意。纯朴、庄重又富于热情的琴声中，总能让聆听者感受到深不可测的情感内涵：仁厚又博爱。这样的评价，不是苏联对自己"出产"的小提琴演奏大师的自夸，而是大卫·奥伊斯特拉赫所到之处舆论给予的评价，是的，在大卫·奥伊斯特拉赫始于 19 岁的演奏家漫长的生涯中，他的足迹遍布欧洲、美国乃至中国。

我们先来看看大卫·奥伊斯特拉赫所获奖项分布的地域：1930 年获乌克兰小提琴比赛一等奖，1935 年荣获苏联小提琴比赛一等奖，1936 年获维尼亚夫斯基 [1] 小提琴竞赛二等奖，1947 年荣获第二次世界大战后首届布鲁塞尔国际小提琴比赛一等奖，1949 年在国际伊扎耶小提琴比赛中获得第一名……

再来看看演奏家大卫·奥伊斯特拉赫的足迹：1953 年第一次到巴黎演出，1954 年到西德和英国伦敦演出，1955 年到美国纽约卡耐基音乐厅演出，1957 年到中国演出……1974 年 10 月 24 日，66 岁的奥伊斯特拉赫到荷兰阿姆斯特丹演出，突发心脏病，客死他乡。

1.维尼亚夫斯基（Henryk Wieniawski, 1835—1880），波兰作曲家、小提琴家。

一个小提琴演奏家将自己在人间的最后一个脚印留在了异国他乡，可见，大卫·奥伊斯特拉赫生前在世界各地的演出有多繁忙。冷战时期，苏联与全世界的关系是"鸡犬声相闻，老死不相往来"，却让大卫·奥伊斯特拉赫走遍全世界，这的确是一个叫人费解的个例，于是，有人说，大卫·奥伊斯特拉赫被苏联政府当成了一枚棋子，与西方世界叫板。也许吧。当他的同胞、小提琴演奏大师内森·米尔斯坦[1]在十月革命以后借出国演出之际选择去往美国并被西方世界大肆宣传以后，苏联政府祭出大卫·奥伊斯特拉赫与美国抗衡，也是情理之中的事情。

　　事实上，冷战时期，美国不也将自家的艺术家拿出来作为与社会主义阵营的龙头老大苏联"争风吃醋"的祭品吗？

　　埃里克·弗里德曼[2]，1939 年生于美国新泽西州的纽瓦克，父亲是一位业余小提琴手，他 6 岁开始跟父亲学习小提琴。10 岁时正式拜师学琴，1954 年初次在纽约登台独奏。1956 年在卡耐基音乐厅演出后开始随米尔斯坦学习。20 世纪 50 年代后期，海菲茨[3]从频繁的音乐会演出中退出后，弗里德曼成为他的第一个正式学生。海菲茨很看重他的才华，曾在 1960 年邀他合作录制巴赫的双小提琴协奏曲，这是海菲茨唯一与他人合作的双小提琴演奏唱片。　此

1.内森·米尔斯坦（Nathan Milstein, 1904—1992），乌克兰裔美国小提琴家，以其出色的巴赫演绎而闻名于世，有"小提琴贵族"之称，此外他的浪漫派曲目诠释亦为人称道。
2.埃里克·弗里德曼（Erick Friedman, 1939—2004），美国小提琴家。
3.海菲茨（Jascha Heifetz, 1901—1987），俄裔美籍小提琴家。

后，埃里克·弗里德曼开始自己的音乐会演出生涯，曾与许多乐团和著名指挥有过合作。1965 年，他执意要去莫斯科参加柴可夫斯基国际音乐比赛，回国后受到不公正待遇，小提琴演奏事业也因此受到影响。不久，弗里德曼的左臂和左手又在一次交通事故中严重受伤，致使其演奏生涯彻底告终，只好以音乐教学工作为生，直至 2004 年病故。弗里德曼存世的一张唱片被小提琴发烧友奉为珍品，的确，唱片中收录的萨拉萨蒂的《流浪者之歌》、维尼亚夫斯基的《传奇》、拉威尔的《茨冈狂想曲》都是带上弗里德曼强烈个人印记的录音。可惜，因 1965 年的苏俄之行当局给予他的压力让他无心恋战，他很快泯没于大师辈出的古典音乐舞台。

以铁钳著称的苏联政府一次次放行自己去西方参加比赛和演出，大卫·奥伊斯特拉赫难道不知道自己是斯大林、赫鲁晓夫、勃列日涅夫手里的一枚棋子吗？身形粗壮的大卫·奥伊斯特拉赫，有一颗孱弱而敏感的心，他刚出道时，曾与钢琴家奥波林 [1]、大提琴家克努塞维茨基 [2] 组合过一个三重奏团到欧洲各地巡演，一时间成为名声响亮的三重奏乐团。遗憾的是，克努塞维茨基过早地撒手人寰，和谐如至亲的三重奏乐团戛然消亡。大卫·奥伊斯特拉赫曾经尝试过再找一位大提琴演奏家与奥波林一起重现他在古典音乐的最高境界——室内乐方面的才华，可是小提琴、大提

---

1. 奥波林（Lev Nikolaevič Oborin, 1907—1974），苏联钢琴家。
2. 克努塞维茨基（Sviatoslav Knushevitsky, 1908—1963），苏联大提琴家。

17CD

EMI CLASSICS

DAVID
OISTRAKH
THE COMPLETE EMI RECORDINGS

>大卫·奥伊斯特拉赫作品全集，百代公司出品

柴可夫斯基，就在
时时处处

琴、钢琴三足鼎立地出现在排练厅的刹那，奥伊斯特拉赫就会不由自主地想到离他们而去的克努塞维茨基，以至于不能自已。奥伊斯特拉赫只好以与他人合作找不到与克努塞维茨基一起时的美妙感觉为借口，从此不再与人合作演奏三重奏——这样一个一往情深的男人，怎能体会不到当局对他的觊觎？

只是，他更爱他的小提琴艺术！于是，他假装听不见小提琴之外的声音，育人、演出之余，一心磨炼自己的技艺，提高自己的修养。艺术上曾受到过小提琴演奏大师克莱斯勒[1]的强烈影响，并且，与克莱斯勒面对面时也曾让大卫·奥伊斯特拉赫激动不已。可是一旦拿起小提琴，他就变得审慎起来，绝不亦步亦趋。克莱斯勒的具有唯美倾向的发音手法，在奥伊斯特拉赫那里变成了表现内心情感的手段。他运用颤指手法时会故意延迟瞬间才开始，这样的声音效果久远而延绵……诸多大难度的演奏技巧帮助奥伊斯特拉赫的演奏表现出宏伟壮观的气魄，那雄浑的力度会打开每一个聆听者心灵的大门。他的音色又时常会流露出柔和与温暖，仿若晚霞一般深情。或许是身为苏联时期艺术家的缘故吧？他的演奏气质中总有一股悲悯的气息，这股气息与俄罗斯民族世代形成的"悲天悯人"的传统高度契合，因此，虽然处在一个小提琴演奏家英雄辈出的时

1.克莱斯勒（Fritz Kreisler, 1875—1962），美籍奥地利小提琴家和作曲家。是当代著名的小提琴家之一，以演奏音色优美著称，而他创作的小提琴乐曲，是后世小提琴家常用的经典曲目。

代，大卫·奥伊斯特拉赫仍是独一无二的。

　　回家以后，我找到大卫·奥伊斯特拉赫在莫斯科新圣女公墓里的墓碑图片，灰黑色的圆柱碑上，是大卫·奥伊斯特拉赫略略左偏的头像和成就了他的那把"冯塔纳伯爵"小提琴以及能在琴弦上翻飞得比蝴蝶还漂亮的左手。经过雕塑家的精心雕琢，头像大卫·奥伊斯特拉赫显然要比本人好看多了，可是，漂亮的奥伊斯特拉赫不会为我们演奏贝多芬、西贝柳斯、柴可夫斯基了。且让我将他演奏的《西贝柳斯小提琴协奏曲》的唱片塞进播放器，声音开到最大，只有那样，起始几个音符的冷冽、坚定才会更加冷冽、坚定，而后拾阶而上的爬升才显得更加有力——哪怕做铁幕下的一枚棋子，也要让那把"冯塔纳伯爵"动听得足以帮助自己走遍全世界，小提琴协奏曲的作者西贝柳斯与大卫·奥伊斯特拉赫多么相似！

　　君尤怜惜，留下琴声一片片，慰藉天下一个个孤独的灵魂。

柴可夫斯基，就在
时时处处

>奥伊斯特拉赫墓地，位于莫斯科新圣女公墓

一走近柴可夫斯基，就情怯

那个小女孩，简直魔怔了一般，只要周边的露天电影院放映《列宁在1918》，她都会去看，一次两次还好，十次二十次后，家人不免有微词：这部电影真有那么好看吗？尽管20世纪70年代的露天电影都是免费的，观看者只要自己带上小板凳就可以了，但是，20世纪70年代的社会很是动荡，我趴在我家二楼的窗户上就看过两队人马拿着棍棒铁器在马路上大打出手。家人不愿意小姑娘一次次地追着《列宁在1918》到处跑，怕她遇到麻烦。可小姑娘总有足够的理由让爸爸妈妈同意她提着个小板凳去露天电影院。

那个小姑娘就是我，所以，我对郁冬的那首《露天电影院》很有感慨："……我长大时看着他们表演着爱情，当他们接吻的时候我感到伤心……"没错，《列宁在1918》不表演爱情，但当电影的镜头摇向莫斯科大剧院的舞台时，舞台上一个穿成白天鹅模样的女演员在忧伤的乐曲中绝望地翩翩起舞的片段，在不足十岁的我看来，就是一种

微信扫码

戴上耳机，用声音为你呈现异国风采

>柴可夫斯基

>《天鹅湖》

人间至爱。高级的情感从来就难有人呼应，五分钟不到的《天鹅湖》片段让我看一次就有一种满腹心事无处寄存的凄惶。藏一腔没着没落的感情是最让人不知所措的，在十岁的我看来，唯有《列宁在1918》中的这段《天鹅湖》，让不知所措变成了使人牵挂的欣喜。

很多年之后我才知道，芭蕾舞音乐《天鹅湖》是俄罗斯伟大的作曲家彼得·伊里奇·柴可夫斯基的代表作。虽说第一次去现场聆听古典音乐，是由上海交响乐团演出柴可夫斯基的《第五交响曲》而不是《天鹅湖》，可是，所谓的古典音乐就是柴可夫斯基，是和我一样年龄的乐迷在日后需要花费很多力气去吹散的一团迷雾。

这团迷雾就是，只有像柴可夫斯基作品那样悦耳的音乐，才是古典音乐中的上乘之作。

2010 年 9 月，海廷克率领芝加哥交响乐团来上海演出马勒的《第六交响曲》，音乐会票子千金难买，我却手握一张犹豫起来：要不要去？相对于柴可夫斯基的轻捷和悦耳，马勒的作品庞大又错综复杂，我怕我会在现场无法喜欢上马勒，从而让一场音乐会的时间变成了如坐针毡的修炼！最后，名团名指挥的名气还是俘获了我。更出人意料的是，那场音乐会之后，我开始渐渐远离柴可夫斯基，一头沉进了马勒、勃拉姆斯、贝多芬、巴赫的纯粹理性的音乐中。

　　所以，2015 年 8 月去莫斯科和圣彼得堡，我根本就没有将与柴可夫斯基相关的内容安排进行程。

　　可是，柴可夫斯基就在莫斯科和圣彼得堡的街头巷尾，莫斯科的国家大剧院门前柱子上那些过时的演出海报中，一眼扫过去，柴可夫斯基的画像就会映入眼帘。圣彼得堡的剧院广场上，排成行的巨幅广告在昭示新一轮《天鹅湖》的上演时间，就算上头的俄文"柴可夫斯基"的字样我认不真切，但是，《天鹅湖》不就是柴可夫斯基吗？凡此种种，都在告诉我，柴可夫斯基之于俄罗斯，就像俄罗斯之于全世界，无须声张，就在时时处处。而这种渗透，击碎了我的警觉，喟叹一声后不得不承认：这些年我故意绕开柴可夫斯基，理由根本不同于那些资深乐迷，觉得优于旋律的柴可夫斯基作品由于缺乏理性思考而耽于浅白，而是我始于柴可夫斯基、全程又由柴可夫斯基陪伴的乐迷生活，听他、读他、靠近他的时间太多，以至于如今，一

>克林街头建筑物上的柴可夫斯基的涂鸦（画像）

靠近他，竟有些情怯得不知从何说起。

就从他的《如歌的行板》说起吧。在我不知道"行板"一词的内涵时，就在自己的作文中不止一次地用过"如歌的行板"搭配。何止于我，1978 年以后，小到我这样的学生作文，大到叱咤文坛作家的作品，出现"如歌的行板"的频率高到人们已经对这个搭配有了心照不宣的诠释：极度抒情。不是吗？二三十年之后，王蒙解释当年何以用"如歌的行板"命名自己的一篇非常看重的中篇小说时，给出的理由是"这首乐曲是我的主人公的命运的一部分，也就是我的生命的一部分了"。这位经受过磨难的作家，如此理解柴可夫斯基的《如歌的行板》，只能说此曲承载了太多的忧伤。事实上，这部主旋律来自一位泥瓦匠哼唱的民间小调，"情动于中而行于言。言之不足，故嗟叹之；嗟叹之不足，故咏歌之；咏歌之不足，不知手之舞之足之蹈之也"，我们的《诗经》放之遥远的俄罗斯也是真理。泥瓦匠为柴可夫斯基的妹妹修葺房子，活儿干得高兴了，不由得哼唱起来。这段美妙的旋律一直活跃在柴可夫斯基的脑子里，等到他于1871年创作《D大调第一弦乐四重奏》的第二乐章时，就信手拈来了这一段听来的旋律。经过柴可夫斯基的专业处理，泥瓦匠嘴里的音符变得更加动人，于是，这一乐章常常被音乐家拿出来单独演奏。独奏版的《如歌的行板》中，又数最接近人声的大提琴版最令人动情。在我听过的无数个版本中，聆听状态至今都记忆犹新的，是在观赏中央电视台一档名曰《音乐人生》的访谈节目时。那一期，主角是王健，这位云游四方的华裔大提琴演奏家在回答主持人"何以不回到家乡来排解无尽的孤独"时，他说："演奏西洋音乐必须生活在作品产生的环境里。"此时的画面，王健驾车缓慢行进在空寂的街头，秋雨纷纷、树梢清寂，坚强的王健自己的录音版本《如歌的行板》，是荧屏里的所有和荧屏外的我最恰切的连接：身无彩凤双飞翼，心有灵犀一点通。

其实，柴可夫斯基庞大的作品群落里，哪一部不能轻而易举地获取心有灵犀的共鸣者呢？那部名曰《悲怆》的

>柴可夫斯基的书桌，《悲怆》在此完成。克林柴可夫斯基故居纪念馆

第六交响曲，我一想到它的第一乐章，随时随地都能幻听到像是旷达实则纠缠不休的旋律在耳边哽咽：为一生的红颜知己梅克夫人[1]晚年的身不由己，为自己一生的真情无以告白，为自己不那么老迈的躯体开始失控……

1893 年 9 月，柴可夫斯基感觉异常疲惫，这一年，他只有 53 岁。柴可夫斯基生于 1840 年，父亲是矿山工程师兼冶金工厂的厂长——与音乐毫不相干。柴可夫斯基十岁那年，父亲被任命为圣彼得堡国立大学的校长，这所坐落在涅瓦河北岸、与冬宫隔河相望的学校，创建于 1724 年。在这所俄罗斯最早创建的大学里，科学、人文、艺术等学科都是它所擅长的，所以，迄今为止学校已拥有七名诺贝

梅克夫人

1. 梅克夫人（Nadezhda von Meck，1831—1894），俄罗斯商人、艺术资助人。也是柴可夫斯基的资助人。

尔奖获得者，尤以校友巴甫洛夫 [1] 最为荣光，因为这是一个不胫而走且走到了世界各地的名字。能出任这样一所大学的校长，当然是无上荣耀的事情。不过，对于少年柴可夫斯基来说，父亲的职业让他最受惠的，是可以亲炙音乐系主任的钢琴教学。不过，柴可夫斯基身上很快流露出来的音乐才华却无法改变父亲关于音乐是闲暇生活点缀的观念。在他的坚持下，柴可夫斯基只好修学法律，1859 年，他毕业于圣彼得堡法律学校，进入司法部做部长秘书。

身体被刻板的公务员职业羁绊，身心却被一直在耳边飞扬的乐曲逗引。如此分裂的生活让柴可夫斯基忍无可忍，1861 年，他进入俄罗斯音乐协会音乐学习班（次年改建为圣彼得堡音乐学院），想通过学习来确认自己是否离不开音乐。两年的专业学习让柴可夫斯基坚信，音乐是自己的生命，1863 年，他辞去司法部部长秘书的工作，专事作曲。

柴可夫斯基的选择，一定惹怒了父亲，而在莫斯科音乐学院任教的薪酬不足以让一家人过上体面的生活。就在他左右徘徊不知如何是好之际，梅克夫人出现了。

此地，人们可以从来不曾聆听柴可夫斯基的音乐，却都知道柴可夫斯基的"艳遇"。事实上，就算柴可夫斯基与梅克夫人之间有一场艳遇，那也只存在于两人的精神世界

---

1. 巴甫洛夫（Ivan Pavlov，1849—1936），俄罗斯生理学家、心理学家、医师。他因对狗研究而首先对古典制约作出描述而著名，并在 1904 年因为对消化系统的研究得到诺贝尔生理学或医学奖。

柴可夫斯基，就在时时处处

里。直到 1890 年梅克夫人破产，二十年间夫人以每年固定数字的资金帮助柴可夫斯基心无旁骛地投身到音乐的名山事业中。问题是，一个富孀只问耕耘不问收获地供养柴可夫斯基，说他们一直信守着"永不来往"的誓言、只在柴可夫斯基的作品中寻求"上穷碧落下黄泉"的乐趣，谁信呢？柴可夫斯基太太首先不信，1877 年，柴可夫斯基与米廖科娃的婚姻出现了严重危机，感觉自己百口莫辩的柴可夫斯基情急之下精神崩溃，差一点自杀。

争吵声不断的家，实在待不下去了，柴可夫斯基逃往莫斯科，并于来年与夫人达成分居协议。

远离了过于聒噪的妻子，又有红颜知己梅克夫人每年 6000 卢布的资助，柴可夫斯基的创作进入旺盛期，著名的小提琴协奏曲、第二钢琴协奏曲、第一号到第三号管弦乐组曲、芭蕾舞序曲《睡美人》和《胡桃夹子》第四到第六号交响曲……仓廪足而天下平，创作的丰收期让柴可夫斯基的心境格外宁静。然而，天下哪有不散的宴席？梅克夫人破产的消息刚传入作曲家的耳朵，他还以为与梅克夫人因作品而始的情缘因为厌倦了他的音乐而终止了，非常懊恼。实情是，梅克夫人真的濒于破产以

>柴可夫斯基雕像，克林火车站

>莫斯科音乐学院

致她的子女坚决阻断了她继续赞助柴可夫斯基的道路。眼看由于自己的资助而使这位作曲家越来越伟大，想象由于缺少了自己的资助这位作曲家可能受制于经济窘迫而写不出更加伟大的作品，欣慰和畏惧等复杂的情感搅和成一团乱麻，塞满了梅克夫人的心胸。她的孩子们说，他们的妈妈疯了——晚年，少言寡语的梅克夫人是在精神病院中度过的。

　　实情让柴可夫斯基愈加伤感和心力交瘁，听，作曲家开始涉及"死"的主题，在那部又名《悲怆》的《第六交响曲》中。

　　仅仅是一生的红颜知己突遇变故才触发了柴可夫斯基

柴可夫斯基，就在 时时处处

内心深处忧郁的因子吗？恐怕不是。如果仅仅愿意徜徉在柴可夫斯基的《四小天鹅舞》《花之圆舞曲》的欢快中，你大概会以为，柴可夫斯基是一个"面朝大海，春暖花开"的幸福之人，大海，是梅克夫人的友谊和资助；花儿，是他笔端流泻不止的音符。但事实是，娶妻生子的自我扭曲，都不能改变柴可夫斯基的性取向，他是一个同性恋者。柴可夫斯基生活的年代，胆敢出柜宣称自己是一个同性恋者，后果是什么？差不多与他同时代的英国作家王尔德为此锒铛入狱，晚他几乎两代的英国科学家艾伦·图灵在公开自己的性取向的同时葬送了自己的性命。柴可夫斯基想要好好地活着，写尽他心里对这个世界的赞美，但无法缓释的性冲动撞击着他的身体和灵魂，撞碎了他人看似美满的婚姻，也撞残了自己的身体——阴郁时时刻刻，所

>柴可夫斯基故居纪念馆，克林

>柴可夫斯基雕像，克林的柴可夫斯基故居纪念馆

以，到了 1890 年他创作《第六交响曲》的时候，积蓄在他心中的不快乐情绪大爆发。

　　既然抑郁的种子早就埋下了，那么，只要柴可夫斯基一动笔，难过和忧伤就会不由自主地流露笔端。在创作于 1885 年的《第四交响曲》、1888 年的《第五交响曲》中，我们都听到了作曲家的哀鸣。既然同一种声音到了 1889 年创作《第六交响曲》时被作曲家用音符表达到了极致，这部作品又叫《悲怆》，我们索性便将精神一以贯之的第四、第五和第六交响曲合称为《悲怆三部曲》。"从完全听从命运，到对命运发生怀疑，最后决心通过斗争来克服悲惨的命运"，这句被作曲家写来解释他何以要创作《第五交响曲》的话语，是《悲怆三部曲》的最好注解：虽身心俱疲，但心中的旋律还在波澜起伏，他不能丢下这些美妙的

柴可夫斯基，_{就在}时时处处

声音自顾离去，只好委屈自己活下去。

现在，我把《悲怆三部曲》里中间的一部——《第五交响曲》的唱片塞进播放器里。随着音乐的推进，第一乐章之后是三部作品中最为动人的第二乐章柔板，当弦乐低低地烘托了一下主题后，一阵仿佛从远处传送过来，圆润中带点沙哑、悠长里携些犹豫的声音直扑我的耳朵而来。每次听到这里，我发现我会对自己的身体失去控制力，仿佛我坐的椅子被人撤去后我的身体会像流水一样离我而去。第一次出现这样的反应，我以为是自己过于疲劳的缘故。后来才知道，不是，而是当圆号苍凉地吹响柴可夫斯基的《第五交响曲》的第二乐章时，营造出来的氛围让我感觉到，在岁月和万物面前，人类太过渺小。

柴可夫斯基用《第五交响曲》向世间万物示弱了。而到了《第六交响曲》，他似乎找到了在顺应命运的安排的同时寻找生活中的欢愉的通途，所以，听柴可夫斯基的《第六交响曲》，总让人满腔的怨怼涌上心头，化作泪水哽在喉头，一曲终了，又总能获得澡雪的清爽。这况味，不就是张岱小品的意境吗？"……大雪三日，湖中人鸟声俱绝。是日更定矣，余拿一小船，拥毳衣炉火，独往湖心亭看雪。雾凇沆砀，天与云与山与水，上下一白。湖上影子，唯长堤一痕……"是为张岱著名的《湖心亭看雪》的片段，假如柴可夫斯基能够听得见两百多年前一个中国文人的心声"莫说相公痴，更有痴似相公者"，那些谱写在《悲怆三部曲》里的挣扎，怕是要变作高山流水遇知音的快慰了吧？

　　我当视他如精神领袖一般，去他曾经待过的圣彼得堡音乐学院和圣彼得堡国立大学祭拜他，去他灵魂驻足处——圣彼得堡亚历山大修道院名人墓地去祭奠他。情怯，却让我错过了亚历山大修道院的季赫温名人墓地，更让我就在圣彼得堡音乐学院的墙外，都不敢将默念在心里的一个名字喊出声：彼得·伊里奇·柴可夫斯基。

　　好在，俄罗斯并不遥远，下一次俄罗斯之行已经排进了我的旅程。

>柴可夫斯基墓地，圣彼得堡的季赫温公墓

柴可夫斯基，就在时时处处

爱你入骨，但不承诺永远

　　世纪之交，单位领导为了让大家记住这个千载难逢的日子，决定带全体员工去符拉迪沃斯托克玩一趟。由于允许带上家属，北上时这支队伍浩浩荡荡到了一百二十余人。坐飞机到哈尔滨，停留片刻之后，乘坐火车到绥芬河，又停留片刻，换乘不同轨的火车去目的地，真是舟车劳顿。进关的时候，俄罗斯人除了官僚作风十足外，还以各种手段暗示大家，只要给他一点小东西，就可以加快我们进关的速度。果然，一捧清凉油一捧风油精奉上之后，一百二十余人很快就踏在了俄罗斯的大地上。

　　一百二十余人，其中绝大多数是第一次踏出国门，行进到哪里都是噪声一片。在符拉迪沃斯托克最热闹的街市，一家看上去很高档的服装店看见我们过去了，竟然拉下卷帘门不再营业，不快随即涌动在我们的队伍里。歧视当然也令我不快，更多的是难堪，特别是看到这匹行将瘦死的骆驼却还端着精精神神的架子时。

　　符拉迪沃斯托克的火车站上竖着一块碑石，碑石上又竖了一块青铜铭牌。除了双头鹰外，上面标注着距离莫斯科 9288 公里。我在心里默算了一下，等于是上海到北京的四个来回。离国家心脏那么遥远的小城，已经被莫斯科拖累得市场萧条、市容破败，但每一个行走在街道上的市民几乎都穿一件让人眼睛一亮的貂皮大衣，此时是冬天。

冬天，符拉迪沃斯托克濒临的太平洋已经封冻，我们可以在洁白的冰面上走出去很远很远，把孩子们给乐的——南方的孩子哪里见识过这样的大海？他们撒欢、奔

>距离莫斯科9288公里青铜铭牌，符拉迪沃斯托克火车站内

柴可夫斯基，就在时时处处

跑、互相摔打……几位在冰面上垂钓的老人，像是什么都看不见，如雕塑一样安坐在折叠凳上，手边有一瓶伏特加，眼前有一个他凿出的深洞，钓鱼线顺着深洞垂进大海。如此静态，鱼儿何时上钩？我饶有兴致地站在隐蔽处看了一个多小时，发现他们真的是姜太公钓鱼，甚至，上了钩的愿者他们都不怎么起钓。请问，这么冷的洋面上，他们为何而来？想到这里，我忍不住地直打哆嗦：老人们让我真切地感受到了俄罗斯人身上特有的煞气和决绝。

离开符拉迪沃斯托克的火车凌晨出发，半夜两点，我们就被胖得不像话的导游叫醒，洗漱完毕后，在宾馆的大堂接过她发给我们权充早饭的一个硬面包和一盒冷牛奶后，大多数人上了大巴继续睡觉。此时，外面鹅毛大雪纷飞。出发后，因为穿着貂皮大衣所以显得更加臃肿的导游费劲地从大巴第一排的位子上站起来，转过身告诉大家："因为是深夜，司机怕自己会睡着，一会儿要开着收音机，请大家包涵。"话音刚落，好睡的旅伴已经轻鼾起来，苦了我这样的浅睡眠者。也好，这样的夜景也许此生不会再碰到：鹅毛大雪下得真急，雨刷必须以最快的速度扫动，挡风玻璃上才能有一块让司机看清前路的面积。所谓前路，是白茫茫的无边无际，道路、人行道、沟渠、田地已经连成了一片，好不荒芜！真是"白茫茫一片真干净"。给司机提神的收音机里，正在播放一首节奏鲜明而强烈的流行歌曲，我一句俄文都听不懂，只听见男歌手在叫一个人的名字："莉莉，莉莉。"女歌手的回应，热切又无望，显然是一首相逢不能成相知的伤心情歌。心头已经湿了，一扭头看见车窗外看不到尽头的皑皑白雪，更是衬托得两个人的情歌就是唱到天涯海角也是孤独的绝望。

回家后，一直想找到这首歌。不知道男女歌手姓甚名谁，不知道他们唱的是什么歌，即便互联网的触须已经延展到了世界的尽头，我想要的歌也没有踪影。我相信执着这个词，就隔三岔五地将那首歌的旋律在脑子里过一遍。五年多后，突然，我就遇到了这首歌，是俄罗斯流行歌坛的女王阿拉·普加乔娃[1]和2001年时还是她丈夫的菲利普·基尔戈洛夫合作的歌曲《城里好冷》。

1974年，我上小学四年级，学校开始开设外语课。我所在的学校开设的外语课一直是俄语，这让我忧心忡忡：

>阿拉·普加乔娃

1.阿拉·普加乔娃（Alla Pugacheva，1949—），又译为安娜·普加乔娃。苏联和俄罗斯著名女歌手，俄罗斯流行音乐天后。她于1965年开始自己的职业歌手生涯，并持续至今。阿拉是苏联音乐史中标志性的歌手，拥有创纪录的唱片销售量和知名度。1980年和1985年她被俄罗斯苏维埃联邦社会主义共和国分别授予功勋艺术家和人民艺术家称号，1991年被苏联授予人民艺术家称号。

为什么不学英语呢？令人意外的是，学校从善如流，从我这一届开始，外语由俄语改为英语，我们真是欣喜若狂。读大学了，我们一间宿舍八个女生中只有一位学俄语，于是，只要让我们听见她在念俄语，我们就讥嘲她："又在说猪的语言了。"如此缺德的贬损，并非我们首创，20 世纪 80 年代初，一本小说因其浓重的书卷气被热捧——礼平的《晚霞消失的时候》，小说中那硬挺、高大的军中高干子弟李淮平就是这样界定他讨厌的俄语的。从那以后的几十年里，俄语一直被挤对成不如日语的小语种不说，我们本地几所大学里的俄语系学生，多半是被调剂进去的。

俄语被如此冷落，就算是网络上全文刊登了《城里好冷》这首歌的俄语歌词，我也找不到人翻译，因而不知道当年在风雪中行进的大巴上听到这首歌时的直觉，对还是不对。

但这不妨碍我继续听阿拉·普加乔娃用我听不懂的语言吟唱她眼里的俄罗斯、她感觉中的俄罗斯以及她触摸到的俄罗斯，从 1974 年她 25 岁到 2009 年她年届花甲宣布退出歌坛。

1979 年，还是苏联时期，普加乔娃为一部电影《唱歌的女人》配唱插曲，她唱：

> 你莫相信　我像活在天堂一样
> 人间灾祸　总是绕过我身旁
> 每天傍晚　我同样疲惫不堪有时想哭一场

很伤感……

就算是苏联时期，普加乔娃歌唱的都是普通人的日常
情感，《唱歌的女人》之后，她的歌更是如此：

> 客船寂静的码头停靠
>
> 无须任何言语
>
> 不要从头再来
>
> 它可以挽救爱情
>
> 看，客船航行而来
>
> 并把荒唐的爱情承载
>
> 不要这样吧，小男孩……

——《客船》

> 寒风苦雨变换着恶劣天气
>
> 重又带走你
>
> 离开时候他甚至不问一问
>
> 就了无声息
>
> 也许我想伴随你一同离去
>
> 像小鸟追逐清梦
>
> 像秋叶飘向大地……

——《一路同行》

柴可夫斯基，就在
时时处处

……从心中抹去你最后的痕迹

这世界也变得没声音 空旷寂静

可我的老时钟还迈着寻常脚步

那钟声依然忧郁和庄重……

—— 《老钟》

　　这些唱船、唱钟、唱树叶的歌曲，都有一个共同的情感诉求，即"红楼隔雨相望冷，珠箔飘灯独自归"。你看，因为承载的是荒唐的爱情，客船只能寂寞地停靠在了码头；就算变成小鸟，树叶都跟不上被寒风苦雨带走的你；已经从心中抹去了你的痕迹，可老时钟的钟声依然忧郁和庄重……说是唱的爱情，但为什么不能说唱的是十月革命以后瞬间的翻天覆地？为什么不能说唱的是斯大林时期令许多家庭措手不及的变故？为什么不能说唱的是超级大国转瞬之间的分崩离析？所以说，普加乔娃用她那浑厚绵软如天鹅绒一般的嗓音，将一个世纪俄罗斯的风云变幻用情歌的方式唱到了每一个俄罗斯人的心底，也打动了叱咤风云的政坛人物。这个诞生于斯大林时代、成长于赫鲁晓夫时代、出道于勃列日涅夫时代的流行女歌手，竟然让戈尔巴乔夫授予了她苏联人民演员的称号，让叶利钦授予了她国家勋章，而普京也在她的结婚纪念日发去了贺信。

　　从达官显要到贩夫走卒都听从心声，臣服在普加乔娃的歌里。除了她那绵柔如丝绒的歌喉的确叫人过耳不忘之外，作为一个女人，普加乔娃以她的率性和敢作敢为，成为国家动荡、政坛更迭时期俄罗斯人民的榜样。

伊波里托夫·伊万诺夫莫斯科国家音乐专科学校，是俄罗斯喜欢音乐的学子向往的学校，阿拉·普加乔娃从那所学校的合唱指挥专业毕业后，被分配到了马戏团工作。芭蕾、音乐和马戏是俄罗斯艺术中鼎立的三足，是俄罗斯民众心目中可以比肩的艺术种类，原可以在马戏团里轻松工作的她，却偏偏不安于就此度过平凡的一生，在苏联还没有流行歌曲的时候，她发誓要用自己的天赋唱出心中真挚的情感。在用歌声征服了俄罗斯后，普加乔娃更是用一座座国际流行歌曲比赛的奖杯，奠定了自己流行歌坛女王的地位，从此无人撼动。"你知道谁是勃列日涅夫吗？""当然知道，他是普加乔娃时代的一个政治人物。"在俄罗斯流传广泛的这一问一答，大概是阿拉·普加乔娃雄霸歌坛三十多年的最佳佐证。而普加乔娃的一句"我常常对女人说，宁可在爱情中失望，也不能没有爱情"的表白，则成了苏联时期被压抑太久的俄罗斯人的代言。这个心底透亮的女人，先后结婚五次，那首《城里好冷》就是她与第四任丈夫菲利普·基尔戈洛夫合作的作品，结婚时，普加乔娃 45 岁，基尔戈洛夫 27 岁，相差 18 岁的老妻少夫之恋，普加乔娃岂能感觉不到其中的晃悠？

我们不是一对

完全不配

>冬日里的伯克洛夫斯基东正教教堂，符拉迪沃斯托克

爱你入骨，但不承诺永远

我们走着两条

不能相交的道路

说真的

我们在一起不会有结局

没有你

城里变得好冷

把天空也平分了吧

我不需要十全十美

没有你

城里变得好冷……

2001 年，我在风雪弥漫的符拉迪沃斯托克的黎明里听到的歌，果然是一首热切又无望的情歌。就算明知道与爱人的情感维持不到白头，也要跳进爱海趁彼此须臾不可分离的时候尽享爱的欢愉，这就是普加乔娃在她所有的歌曲中灌注进去的一个女人的尊严。你听，她最著名的《百万朵玫瑰》：

从前有位大画家，拥有楼房和油画，他迷恋上女演员，打听到她爱鲜花，画家卖掉小楼房，又卖掉自己的画，他拿出所有的钱，买下无数玫瑰花。一百万，一百万，一百万，玫瑰花，堆满在，堆满在，堆满在窗户下。多情人，多情人，多情人真痴情，为了你，把一生变成玫瑰花。

柴可夫斯基，就在时时处处

早晨你起来推开窗，你一定会很惊讶，莫非还在做着梦，眼前只见玫瑰花，不由得倒抽冷气，谁这样疯这样傻，可怜那年轻画家，就默默站在窗下。一百万，一百万，一百万，玫瑰花，堆满在，堆满在，堆满在窗户下。多情人，多情人，多情人真痴情，为了你，把一生变成玫瑰花。

相聚只有一刹那，演员当夜就出发，但是在她一生中，玫瑰伴歌声飘洒，画家他终生孤独，忍受着风雪交加，但是在他一生中，有过百万玫瑰花。一百万，一百万，一百万，玫瑰花，堆满在，堆满在，堆满在窗户下。多情人，多情人，多情人真痴情，为了你，把一生变成玫瑰花。

此歌是俄罗斯著名诗人沃兹涅先斯基根据一个真实的故事创作的。19世纪旅居法国的格鲁吉亚画家马尼什维利迷恋上了一位巴黎的女演员，为了博得美人的芳心，画家变卖了所有的财产，买下了一百万朵玫瑰花后，雇了许多辆四轮马车，整整运了一个上午，才把这些花运到女演员窗台下的广场上。沃兹涅先斯基将这个故事写成歌词后，填入拉脱维亚的作曲家和钢琴家帕乌尔斯的旧曲，由普加乔娃唱出来，是旧瓶装了新酒。"多情人真痴情，为了你，把一生变成玫瑰花"，我听来，情人是家、是一座城市、是自己的国家，为情人，可以把一生变成玫瑰——当俄罗斯人用各种声音吟唱"嫁人就要嫁普京"时，《百万朵玫瑰》

>阿拉·普加乔娃歌集封面

怎能不激起他们的迎合？

　　距离红场十分钟步行距离的 patriarch ponds 是莫斯科人最向往的富人区。我在红场排队等待进入列宁墓时，在克里姆林宫里参观时，曾经举头四顾，希望能够定位到这个富人区。因为我唯一知道也很喜欢的当代俄罗斯流行女歌手阿拉·普加乔娃曾经居住在这里。在与第三任丈夫离婚的时候，他们曾经为这一处房产打过一场纠缠不清的官司，即便如此，追求真爱的普加乔娃也要抛下身外之物，向内心的召唤狂奔而去，尽管，与基尔戈洛夫的婚姻如今也已成前尘往事。

　　是的，第五次婚姻的对象加尔金比基尔戈洛夫还要年轻。为了爱情，普加乔娃还通过试管婴儿的方式为加尔金

柴可夫斯基，就在时时处处

诞下了女儿，这真让我瞠目。但这并不能改变我喜欢她，
她的歌总能让我感到惊诧。

谢天谢地　您没为我憔悴

谢天谢地　我也没有为您心碎

每天早晨　太阳照常升起

地球也不会从脚底下飘飞

谢天谢地　这也许很可笑

放浪自己　不用再玩弄词汇

更不用因为衣袖轻相碰

我就一脸的绯红想入非非

我感谢您　连您也不知道

这无意中的爱　真让我欣慰

我谢谢您　为夜晚的清静

很少有黄昏时的约会

也不在花前月下相依偎

阳光下我们也不形影相随

谢天谢地　您没憔悴

谢天谢地　我也没心碎

　　这首传说是俄罗斯女诗人茨维塔耶娃写给同性恋人的
恣意汪洋的情歌，被普加乔娃唱到电影《命运的拨弄》里
去后，轻轻巧巧地就激起了听歌人心里巨大的感情波澜。
　　忘不掉阿拉·普加乔娃。在俄罗斯，当车子行进在不

堵车、不嘈杂的莫斯科街头时,我忍了又忍,还是问了导游小徐:"俄罗斯流行歌手中,你最喜欢哪一位?"他嘴里嘟哝着、犹豫着,下了决心似的说:"还是普加乔娃。"尽管他的自以为是让我有些烦,尽管他有些胖,但当他说出"普加乔娃"这个名字的时候,我真想冲到车前拥抱他!

普加乔娃就是这么特别,不知道有多少歌手翻唱过《鸽子》,西班牙情歌王子胡里奥·伊格莱西亚斯唱到情深处时,右手紧紧捂在心脏处,《鸽子》变成了能蚀骨的情歌。而阿拉·普加乔娃用俄语唱这首歌时,灰蓝色的眼睛坚定地看着屏幕外听歌的你我,仿佛在说:爱你入骨,但不承诺永远。每每重看普加乔娃演唱《鸽子》的视频,我总是会想到1917年时翻天覆地的俄罗斯、20世纪50年代苏联与我们国家的割席、普京面对西方世界围剿时的斩钉截铁……国犹如此,人何以堪。

所谓大师，能从错综复杂的世俗中犀利地看到必然

　　1955 年，发端于爱伦堡[1]的中篇小说《解冻》的解冻文学，如一缕清风也吹进了苏联电影界。这一年，28 岁的导演艾利达尔·梁赞诺夫[2]正在筹拍电影《狂欢之夜》。在这个围绕狂欢节晚会的设计方案而生发的令人捧腹的故事

>艾利达尔·梁赞诺夫

1. 爱伦堡（Ilya Ehrenburg，1891—1967），苏联犹太作家及新闻记者。
2. 艾利达尔·梁赞诺夫（Eldar Ryazanov，1927—2015），苏联电影导演、剧作家。

中，有一个非常重要的角色——女大学生列娜。当电影剧本送至有关方面审查通过后，一位很有名气的女演员希望担纲《狂欢之夜》的主演，她找到苏共中央政治局委员替她到梁赞诺夫那里说情。

1950 年才从莫斯科电影学院毕业，之前只拍过五部纪录片，《狂欢之夜》是他的第一部故事片，没错，此时的梁赞诺夫资历尚浅，但是，他毅然决然地拒绝了那位苏共中央政治局委员，坚决起用了在他看来最适合扮演列娜的柳德米拉·古尔琴珂[1]。之前，诗人曼德尔施塔姆[2]只是写了一封信给苏联作协请求给他和妻子一个能安定下来的居所，就被打成了反革命。时光再往前倒十余年，梁赞诺夫就胆敢拒绝苏共中央政治局委员，等待他的将是什么？幸运的是，梁赞诺夫成为导演的时间很对，除了可以如愿使用柳德米拉·古尔琴珂作为自己第一部故事片的女主角外，还能够拍摄《狂欢之夜》这样一部极具讽刺意味的电影。

可惜，我要等到电影拍成三十年之后才看到《狂欢之夜》。

我刚刚开始看电影的时候，苏联电影对我而言意味着《列宁在 1918》和《列宁在十月》，成长期不知道花了多少时间给这两部电影，后来，我偏见地以为苏联电影就是这

1.柳德米拉·古尔琴珂（Lyudmila Gurchenko, 1935—2011），苏联著名女演员、歌手、企业家。1983 年获 "苏联人民艺术家" 称号。
2.曼德尔施塔姆（Osip Mandelstam, 1891—1938），苏联诗人、评论家，阿克梅派最著名的诗人之一、20 世纪俄罗斯最重要的诗人之一。他的诗一开始受象征主义影响，后转向新古典主义并具有强烈的悲剧色彩。

种长相的。1981 年 9 月，进入大学的第二天，学校就强制我们看电影《乡村女教师》。其实，电影不错，扮演瓦尔瓦拉·瓦西里耶夫娜的女演员薇拉·玛列茨卡娅[1]，将女教师诠释得温婉、坚定又知性，可是学校非让我们观看电影的手段，让我回忆起这部电影时，没有多少好感，以致，2015 年 8 月，当我穿梭在莫斯科新圣女公墓里找寻我爱的作家、音乐家、艺术家永远的栖息地时，几次与薇拉·玛列茨卡娅的雕像擦身而过，都没有想过要停下来行一个注目礼。

20 世纪 80 年代，我们主要的娱乐手段是守着电视机

>薇拉·玛列茨卡娅之墓，莫斯科新圣女公墓

1. 薇拉·玛列茨卡娅（Vera Maretskaya, 1906—1978），苏联著名女演员。

所谓大师，能从错综复杂的世俗中犀利地看到必然　　　　　119

在寥寥几个频道间来回选择。选择不多，所以选择得特别慎重，一星期一期的《每周广播电视报》到手后，我总要认真仔细地将想看的电视节目用红笔勾出来，遇到苏联电影《狂欢之夜》时，我的笔端还顿了顿。

幸亏看了。没有想到，还在1955年的时候，苏联的电影就可以如此辛辣地讥讽官僚主义！从那以后，我开始追着梁赞诺夫的电影特别是喜剧片看。

2003年，我得到一个去法兰克福书展参观的机会，书展结束以后，我顺道去了巴黎。一天晚上，照例在投宿的宾馆附近瞎逛一阵后才回去休息，遇到我们团的几个人神色慌张地在大堂里说着什么。凑近一听，原来我们团的一位团员用钥匙开了自己房间的大门后，赫然发现一对金发男女正在床上云雨。惊慌之下，他赶紧拉上门夺路而逃，来到大堂原本想质问前台的，却因为不懂法语而不知如何是好。我也不懂法语，但我不相信会发生如此匪夷所思的事情。遇到状况的团友被我的固执激怒了，一定要让我去见证"奇迹"，结果，门里是清理得非常整洁的房间，没有他说的男人和女人。他呆了，拿着门卡左看右看，突然，一拍大腿，说："我刚才去了4楼。"我抢过他的门卡一看，4516，他将4号楼516房间看成了416房间！我忍俊不禁。他被我笑得好不尴尬，我也被他的尴尬弄得不好意思起来，就解释："我想起了苏联的一部电影《命运的捉弄》。"他不明所以地看着我。对呀，为什么他要像我一样喜欢梁赞诺夫的电影又恰好看过《命运的捉弄》呢？可那一刻，

柴可夫斯基，就在时时处处

> 《命运的捉弄》电影海报

为了解除尴尬，我只好向他简要描述了一下这部电影：

除夕之夜，家住莫斯科的外科医生叶夫盖尼·卢卡申在结婚前夜与几个好友一起为了即将结束的单身生活而狂欢，喝得酩酊大醉。迷糊中，卢卡申错上了飞往列宁格勒的飞机。飞机抵达，出租车司机将他送到了列宁格勒与莫斯科同一街名且同门牌的大楼前。卢卡申走上楼梯，找到了相同的门号，打开门锁便一头栽倒在床上酣睡起来。房主娜佳回来后，发现自己家里的床上

所谓大师，能从错综复杂的世俗中犀利地看到必然

赫然躺着一个酒气熏天的男人，不禁大惊失色。她摇醒卢卡申，两个人经过一场激烈的争辩，总算搞清了事情的来龙去脉。自己的闺房里躺着一个男人，无论娜佳怎么解释，她的男友就是不相信她与卢卡申素昧平生。而卢卡申的女友，也不相信自己的男友会糊涂地躺在一个素不相识的女人的床上，两个人愤而与对方分手。既然卢卡申和娜佳又变回单身，梁赞诺夫索性让卢卡申与娜佳成了眷属。

人们总是诟病，梁赞诺夫的电影情节安排过于依赖巧合，如这部《命运的捉弄》，如果没有卢卡申酒醉中去了错误的城市错误的街道错误的房间，故事将不会成立，那么，有谁会粗心到"直把杭州作汴州"呢？我虽喜欢《命运的捉弄》，却也狐疑过其中的巧合。在第一次看到这部电影的二十多年以后，生活用亲眼所见掴了我一记耳光：所谓大师，总是能在错综复杂的世俗中犀利地看到其中的必然。

但是，像梁赞诺夫这样，每一部电影都能让我在生活中找到现实依据的导演，若非空前恐怕也要绝后了，对，我又要讲故事了，这一回对应的是他的《爱情三部曲》中的第二部《两个人的车站》。

　　钢琴家普拉东的妻子开车撞死了人，为了妻

子免于被起诉而遭牢狱之灾，普拉东甘愿顶罪。在审判前的一个星期，普拉东赶回老家想见父亲一面，他实在不知道还有没有下一次见面的机会了。途中，普拉东经过一个喧哗的车站时觉得饿了，就去车站餐厅想随便吃点什么，遇见了美丽的女服务员薇拉。满腹心事的普拉东哪里看得见薇拉的美貌？只是一味抱怨餐厅的服务，这让薇拉大为光火，两人争执起来，继而结怨。没有想到，随着言语来去，普拉东和薇拉越聊越投机。聊到后来，普拉东甚至去了薇拉家做客。他这才发现，薇拉的生活有多艰难，对美人起了怜香惜玉之心。普拉东入狱后，害他入狱的妻子离他而去，倒是在车站遇见的薇拉，在家属探视日这一天，千里迢迢来看普拉东……

又是一个无巧不成书的故事，我看到这部电影的时候，已经是该片在苏联上映后的七八年了。20 世纪 80 年代后期，经历过那段思想启蒙运动以后，我们的日常生活一如从前那般艰难。每个月的工资我们必须精打细算，才能保证宝贝在下月发工资前总是有牛奶喝。可是，我们没有气馁过，因为我们的周遭有着如《两个人的车站》里流淌着的那种说不清道不明的温暖关怀。所以，我那么喜欢《两个人的车站》，一遍一遍地重看。饶是这样，我只相信那是梁赞诺夫高于生活的编撰。

>《两个人的车站》电影海报

　　1992 年，我们搬迁到先生学校分配给他的两居室公房里。因为是学校为改善青年教师居住情况修建的房子，一栋楼里都是和我们年龄相仿的同事或家属，这就很容易在邻居之外成为朋友，比如，我们一家跟 102 就经常在一起谈天说地。时间一长，我们对 102 的王编辑和沈老师能成为夫妻产生了强烈的好奇心。原因很简单，沈老师是福州人，北京大学毕业，王编辑是上海人，华东师范大学毕业，这两个像是完全没有交集的人怎么会相识相知继而成为夫妻的？他们的回答是，《两个人的车站》。原来，那年暑期将尽时，王编辑去北京开会，沈老师探亲完毕回学校，他们都选择了途中下车去曲阜祭拜孔子，结果在曲阜

　　　　柴可夫斯基 就在
时时处处

的火车站遇到了……"如果没有看过《两个人的车站》，就算在曲阜火车站遇见了，我们也不会搭识。"他们的儿子都已经五岁了，沈老师回忆起车站相遇的往事时，脸再一次羞红了。

而我在那个瞬间想的是，如果梁赞诺夫知道，他的电影成全了万里之外的一对中国男女的美满婚姻，会作何感想？

不过，也因为《爱情三部曲》中的这两部过于仰仗巧合的编剧手法，我最喜欢的是三部曲中的《办公室的故事》：统计局局长卡卢金娜是个性格孤僻、言行和外表有点男性化的怪女人，职员们背后都叫她冷血动物。统计员诺瓦谢利采夫学生时代是个才华出众的青年，但是现在却变得穷困潦倒、未老先衰、唯唯诺诺。这两个地位、性格相差悬殊的人经过几次碰撞之后，却都显露出人性的本色和性格的闪光点来，于是，好事来了——很简单的一个故事，却因为其中的台词机锋太有魅力，而让人喜欢：

　　女：昨天……坐下，您说我丝毫没有……没有人的感情！

　　男：昨天我全是胡诌，您不必把我的话当真……

　　女：不……应该认真对待，因为您说出了我们局里一些人的心里话。您在大庭广众之下，对我进行诽谤、诬蔑！

男：是诬蔑……

女：您所说的话都是谎言！

男：全是谎言……

女：是令人愤慨的谎言！这种谎言，我是绝对不会同意的！

男：我也不同意……

女：您总是支支吾吾的！

男：我没支支吾吾……

女：我没法摸透您究竟是个怎样的人！

男：干吗要摸我？别摸我……

女：您说我铁石心肠！

男：哪的话……豆腐心肠！

女：说我冷若冰霜！

男：不！您热情奔放！

女：说我没心肝！

男：您肝胆俱全！

女：说我干巴巴的！

男：不！您湿乎乎的！

男：请原谅……

女：住嘴！请您不要再挖苦我了……

男：我没有……看在上帝的分上。我……我不过是……我并没有想，我……我也不明白……我怎么就说出个湿乎乎的……我是……我是想说您很善良……我真是想这么说的。

> 《办公室的故事》电影海报

    我看《办公室的故事》的时候，还是译制片当道之际。犹记出色的话剧演员冯宪珍将女局长的语气语调再塑造得仿佛就是银幕上的她在说着中文。唯其如此，对与我们相同的社会形态将一个女性调教得失去性别应有的光彩的讥讽，才能更得到我们的共鸣，那时，此地流行女强人。

    也不知道是民众势利还是电影局官方流俗，这里的大银幕上不见俄罗斯电影久矣，以致，我们几乎忘了，苏联也好俄罗斯也好，都是电影生产大国。要不是突然听闻一代电影大师艾利达尔·梁赞诺夫驾鹤西去，我不会凭空忆及自己曾经受惠于哪些苏联电影。耳边回响着梁赞诺夫逝世的消息，他的电影以及与他的电影紧密相连的那些往事滚滚而来。在脑子里闪回他出色的电影《爱情三部曲》，我不得不承认，过于依赖巧合让梁赞诺夫的电影弱点明显。但酷爱文学，喜爱普希金、帕斯捷尔纳克[1]、杰克·伦敦、莫泊桑，出版过诗集和中短篇小说集的梁赞诺夫，以其深厚的文学素养让电影中的人物回味绵长，我们因此可以忽略《爱情三部曲》的弱处，愿意一看再看。

---

1. 帕斯捷尔纳克（Boris Pasternak, 1890—1960），苏联作家，诺贝尔文学奖得主，以小说《日瓦戈医生》闻名于世。

城市雕塑：伊尔库茨克的城市记忆

　　去奥利洪岛是请酒店预约的汽车，每人花900卢布，汽车就会在约定的时间到酒店来接我们。等到将预约乘车的人全部接到，就往贝加尔湖畔去奥利洪岛的渡口开。5个多小时以后，渡口到了，司机会给我们一个号码，那是上岛以后送我们去预订酒店的车牌号，至于在贝加尔湖冰面上行驶的气垫船的费用，则要另算，来回每人350卢布。从奥利洪岛回伊尔库茨克，900卢布的车费则由酒店包了。

>贝加尔湖冰面上的气垫船

我们离开"汉"酒店的那天，说好的早上 10∶30 启程回伊尔库茨克的班车取消了，只好等午后 12∶30 的那一班了。临到出发时，班车又磨蹭掉一点时间，渡过贝加尔湖时已是下午 2 点多。"领队"说，我们要赶伊尔库茨克中央车站最后一班去往利斯特维扬卡小镇的班车，怕是要来不及了。反正午后的贝加尔湖畔已经冷得要命，大家狂奔着扒着一辆辆车看车牌号是不是我们要搭乘的 638。

近 10 辆车，没有一辆是 638，我们慌了：是不是被刚刚那辆车的司机骗了？就赶紧打电话给酒店的中国人老板，须臾回电来了，说 638 正在赶来，就在距离这里不远处。10 分钟以后，638 来了，冻坏了的我们赶紧上车，司机却不着急开车。一看车里，还剩几个座位，想必是要再等几个乘客吧。本来就没有什么热度的贝加尔湖上空的太阳，下落得非常快，仿佛一眨眼，它已经快到山后去了，我们车里的乘客没多一个，车也就迟迟不开。我们可是要赶利斯特维扬卡的班车的！只好再度打电话。倒也爽气，通话还没有结束，车就启动了。

车里悄无声息，心宽的人睡了，心思重的人开始盘算还能不能赶上去小镇的车。盘算来盘算去，觉得不如问司机。司机说，肯定赶不上了。停顿片刻，又说，他可以送我们去，4000 卢布。如果我们能赶上从伊尔库茨克中央车站去利斯特维扬卡的班车，费用是每人 100 卢布左右，我们 5 个人，顶多 700 卢布，巨大的差额让我们犹豫，就在车里商量起来：要么就住在伊尔库茨克？提议被否决后，我们商定，3000 卢布让他送我们去。

价格是在途中的休息站谈定的，那家由一个胖得出格的俄罗斯姑娘张罗的杂货铺，卖的东西如面包呀热茶呀咖啡呀，实在乏善可陈，搞不懂司机何以在这里消磨掉这么多时间，挂在天边的红日也下沉了，"夕阳无限好，只是近黄昏"，吟诗至此，一个不那么友善的念头渐渐成形：莫非是酒店老板跟司机有过默契，故意让我们赶不上去往利斯特维扬卡小镇的班车，好让他赚取送我们过去的路费？恰在此刻，司机回来了，又问要不要他送。"3000 卢布，多一分不去。"我们的"领队"斩钉截铁，我们以为会因此要再啰嗦几句，哪晓得司机二话没说答应了，那个不那么友善的猜测因此坐实了。

车在黑咕隆咚的伊尔库茨克市郊停了两次后，车上就剩我们两对夫妻加一个小女孩了。司机再次跟我们确认后，很快车就没入漆黑的夜色里，只有入冬后从未化过的白雪间或亮一下，它提醒我，此刻车外零下 20 多度，我竟然联想到美国作家弗兰纳里·奥康纳[1]的名篇《好人难寻》。

祖孙三代一家五口开开心心开车外出度假，就是因为老奶奶为了一个胸针没完没了地唠叨，儿子驶出预定的路线让母亲回去找胸针，结果遇到了歹徒，一家人统统死于非命。

---

1. 弗兰纳里·奥康纳（Mary Flannery O'Connor，1925—1964），美国女性作家。奥康纳共创作有两本长篇小说和 32 篇短篇小说，以及大量的评论和评述。作为美国南方文学作家群中的一员，她经常以南方哥特式风格写作，并在很大程度上依赖于区域设置和怪诞的人物塑造。

假如司机让我们将随身物品留在车里赶我们下车呢？我已经恐惧得胡思乱想了，两个男人竟大声地商讨起司机将车拐出道路开到僻静处的可能性，听得我大喝一声："不要再说了。"

　　也不能再说了，车已经停在了一幢三层小洋楼前，司机告诉我们，酒店到了。基于一路上恐怖的想入非非，我们一定让"领队"先去酒店确认了才——下车，无比愧疚地跟司机道别。

　　在奥利洪岛上的三天里，以方便面、肉肠果腹了好几顿，放下行李就出去找饭店，被告知太晚了，只有路口右拐灯塔宾馆的餐厅可能还开着。我们听从建议右拐去找吃饭的地方，从贝加尔湖上刮过来的西伯利亚寒风，吹得我们根本站不住，不要说前行去找饭馆了，若不是在奥利洪岛上被饿惨了，谁会奋力走向 500 米开外的饭店？

　　利斯特维扬卡小镇，位于贝加尔湖和安加拉河的交汇处，距离伊尔库茨克不到一个小时的车程。人称，到了伊尔库茨克，可以不去奥利洪岛，但一定要去利斯特维扬卡小镇，我却不以为然。我们抵达小镇的第二天在小镇自由行走了一天，出了酒店所在的路口往左拐一定是东面了，因为我们在路的尽头看到了日出，尽管那时已是早上 9 点多。走到东面的路尽头后我们向后转去约定的午餐地点，一家名叫 Прошлый век、小镇排名第一的餐馆，3 公里以后差不多已到了小镇道路西面的尽头。吃完午饭回宾馆取行李，太阳已经直射在我们的脊背。东西走向五六公里，南北只有一个街口的小镇，怎么能跟奥利洪岛比？实在要比，就是利斯特维扬卡小镇唯一一条主干道，有着一个全世界人民不需要记忆就不会忘记的名字：高尔基大街。

生前，高尔基到过西伯利亚吗？到过伊尔库茨克吗？到过利斯特维扬卡小镇吗？没有资料能显示答案，高尔基与西伯利亚关系的唯一痕迹，是他说过一句话，"（伊尔库茨克）是西伯利亚永远跳动着的心脏"，地广人稀的西伯利亚就将一座小城唯一一条主干道奉献给了他，远东第二大城市伊尔库茨克甚至在街头竖起了他的塑像。

>高尔基雕像

城市雕塑：伊尔库茨克的城市记忆   133

俄罗斯人喜欢城市雕塑，莫斯科如此，圣彼得堡如此，边地小城伊尔库茨克也如此。在伊尔库茨克看到的第一尊雕塑，是距离我们寄宿的伊尔库特酒店不远的卡尔·马克思大街街角上的列宁，与之相伴的，是墙头依照《国际歌》的意思绘就的壁画。走过"列宁"往伊尔库特酒店方向行走，会遇见两位大人陪着一个小儿嬉戏的城市雕塑，它的对面，则是一位耽于沉思的知识分子。它们，都进入到了我们的照相机镜头。可是，伊尔库茨克街头摆放得如此恰当的城市雕塑实在太多，以致，我想问"十二月党人的妻子"在哪里，反而不得——太多的城市雕塑矗立在伊尔库茨克的街头巷尾，我们又不会俄文，无法精准表达我们想要寻找的那一尊，当地人无法精确指点，又有何错？沮丧之余，决定能碰就碰吧，碰到哪尊是

>暮色中的列宁雕塑

>耽于沉思者雕像

柴可夫斯基，就在
时时处处

哪尊。

亚历山大三世的铜像不需要碰，除了因为它就矗立在安加拉河畔外，铜像的主人对伊尔库茨克乃至西伯利亚地区的发展，有着划时代的意义，伊尔库茨克人不会指错他。

从 16 世纪开始，沙俄疯狂地在亚洲扩张领土，攫取了整个西伯利亚地区，这片广袤的土地面积达 1200 多万平方公里，占亚洲陆地面积近三分之一。这里有一望无际的森林和草原，肥沃的土壤以及丰富的矿产资源，很多人将其称为"金窖"。不过距离俄罗斯的欧洲部分太遥远了，我去过的两座城市，符拉迪沃斯托克距离莫斯科 9000 多公里，伊尔库茨克距离莫斯科也有 4000 多公里。犹记当年我站在火车站旁一遍遍地抚摸着上书符拉迪沃斯托克到莫斯科 9288 公里的牌子，惊恐得不知如何是好。正因为距离欧洲中心过于遥远，西伯利亚在几百年里都无法得到开发。正因为这里的自然环境恶劣到人类难以存活，自 16 世纪末以来，历代沙皇便将这里作为苦役的流放地，直至苏联时期，那里还是政治犯无望的挣扎地。

19 世纪末期，俄国进入工业化时期，沙皇开始动念修筑西伯利亚大铁路，可是，在西伯利亚修建一条大铁路，是匪夷所思的事情：除了密布的河流湖泊与山脉、面积辽阔的永久冻土层外，西伯利亚恶劣的气候成了能否修成铁路的最大考验。这里，冬季的温度能达到惊人的零下50℃，而在盛夏又经常出现近零上 40℃的高温。巨大的温差会造成钢铁脆裂、设备损坏。种种看似难以克服的困

>拓荒者雕塑

柴可夫斯基，_{就在}
时时处处

>街头雕塑

>街头所见的城市雕塑

>无名者雕像

>女教师雕塑

>象征伊尔库茨克的城市雕塑

138　　　　　　　　　　　　　　　柴可夫斯基，_{就在}

难，让沙皇迟迟下不了决心修建西伯利亚大铁路。

1890年，亚历山大三世痛下决心，正式颁布命令，从符拉迪沃斯托克开始动工修建西伯利亚大铁路。正因为有了这个开始，今天我们才有可能从北京出发乘坐火车到莫斯科，漫漫长路因为途中有世界上第一淡水湖贝加尔湖的相伴，成为许多人一个梦：此生一定要坐一趟从北京去往莫斯科的火车。也正因为有了亚历山大三世的命令，今天我们才有可能在伊尔库茨克乘观光火车花7个小时沿贝加尔湖走一程——行程所限，又逢严冬，这一回在伊尔库茨克没能乘一次观光火车，于是，我站在安加拉河畔的亚历山大三世的铜像前立誓：我会回来。我当然知道这一尊亚历山大三世的铜像已非昔日那一尊，那一尊已在苏联时期被拆除，可是伊尔库茨克怎能忘记亚历山大三世？他们能够包容亚历山大三世的对手列宁有两尊雕塑矗立在街头，一旦有可能，他们更是将亚历山大三世按照原来模样重塑到了安加拉河畔。

另一尊列宁塑像，在卡尔·马克思大街与列宁大街的交叉口。何以在伊尔库茨克有两位列宁？除了众所周知的原因外，列宁曾经踏足过伊尔库茨克，那一年是1897年，还叫弗拉基米尔·伊里奇的年轻人被流放到了西伯利亚。不过，因为有"先行者"十二月党人，距离十二月党人起义失败72年之后的伊尔库茨克生活条件已经有了极大的改善，他又被流放在西伯利亚气候最好的苏申斯克，不需要服苦役，每个月沙皇还发给他8个卢布的生活津贴。除了离俄国政治中心圣彼得堡、莫斯科非常遥远外，弗拉基米尔·伊里奇在流放地打猎、游泳，还与心爱的姑娘结了婚。又因为结识了普列汉诺夫[1]等一批思想者，弗拉基米尔·伊里奇开始勤于笔耕，随着《俄国资本主义的发展》一书问世，一个叫列宁的伟大人物横空出世。

列宁以及由他创立的布尔什维克发动的十月革命，使俄国变成了苏联，改写了俄国的历史，仅此而言，伊尔库茨克让两位列宁矗立在城市最重要的街口，当在情理之中。正因为"列宁"占据了伊尔库茨克最好的地段，他的敌人高尔察克[2]的塑像只好放置在了城外喀山大教堂附近，所谓"列宁、沙皇亚历山大三世、高尔察克，他们在世各怀志向，彼此仇恨，为了建立或保卫自己理想中的俄罗斯而互为敌人。如今，他们作为历史的一部分，被伊尔库茨克记下，成为复杂俄罗斯的惊鸿掠影"。

只是，像是局外人又像是局内人的高尔基，会怎样评价列宁、沙皇亚历山大三世和高尔察克？问列宁路、高尔基路路口的高尔基半身像，他不语。

---

1. 普列汉诺夫（Georgi Plekhanov, 1856—1918），俄国革命家、马克思主义理论家。他是俄国第一位马克思主义者，也是俄国社会民主主义运动的开创者之一，被称为"俄国马克思主义之父"，列宁的导师，曾出版过马克思、恩格斯共同作序的《共产党宣言》。
2. 高尔察克（Alexander Kolchak, 1874—1920），俄罗斯帝国海军统帅、极地探险家，曾参加过日俄战争和第一次世界大战。

柴可夫斯基，就在时时处处

高尔察克：倘有魅力，不在爱情

　　虽然在北京过渡了一个晚上，久居南方，我一出伊尔库茨克简陋的国际机场，还是被当地的寒冷吓了一跳：满眼化不去的皑皑白雪，到处需细心提防的滑溜溜的冰面。虽处远东，伊尔库茨克已是深目隆鼻之族的天下，我们这样面目的，一看就是外乡人。须臾，就有数位男人上前询问：要不要出租车？我们坚定地摇摇头。既然是自由行，就要自由行得彻底，我们坐公交车去酒店。

　　攻略说，出了机场搭乘 42 路公交车就可以抵达我们预订的伊尔库特酒店。一出机场，果然有一辆车门旁贴着 42 字样纸片的小面包车等着乘客。这种 20 世纪八九十年代在上海街头横冲直撞的小面包公交车，让我们疑惑那是不是一辆黑车，就决定再等一辆。两分钟以后，我们的脸颊开始感受到了什么叫"风吹在脸上像刀割一样"，就踅进车站旁的小货亭。数分钟过去了，正犹豫着要不要买一块包装上印着可爱的小娃娃的巧克力以感谢小货亭让我们躲片刻寒风时，又一辆贴着 42 字样纸片的小面包车驶来，看样子我们要乘坐的 42 路就是这样款式的了，就拖着行李箱上了车。到哪一站下车呢？攻略上虽用英语标注过，可是，伊尔库茨克跟莫斯科、圣彼得堡一样，任性得街头巷尾只有俄文，我们只好打开谷歌地图看着汽车沿着手机上的虚线慢慢行驶。眼看 42 路已经行驶到了谷歌地图上虚线的尽头，要下车了吗？正犹豫着，不知道从何知道我们的目的地的一位男乘客手指车门叽里咕噜了一通俄文，噢，我们真的到站了。下了车，没走两步就遇到了一尊列宁塑像，扭头一看，墙头也是列宁的笑貌，这位在我们国家已经久未被提及的革命导师，此刻却让我们定下了心。拖着行李箱笔直往前走，过了两个路口，我们的"领队"兴奋地高喊："看，那就是我们的酒店！"抬头望去，一栋白墙顶着果绿色的"帽子"、敦敦实实的三层四方形建筑就在不远处，走近一看，一扇只容一人通过的小门上写着英文"咖啡"一词，以我们的生活经验判断，酒店的门应在别处，可是几乎绕着建筑转了一圈，门就这么一扇：原来进门以后的左手边，就是招牌上所言及的咖啡馆，小而温暖。

怎能不温暖？门里门外温差大概达到了 50 摄氏度，你看，帮我们办理入住手续的姑娘居然一身短袖连衣裙！

听着窗外凛冽的寒风呼啸而过享受着室内充足的暖气，对南方人来说是极好的"一半是火焰一半是冰雪"的真切体验，可是，实在抵御不住想要看看安加拉河的冲动，放下行李我们就投身到伊尔库茨克的严冬里。

预订的伊尔库特酒店位置极好，出门左拐不变方向地

柴可夫斯基，就在
时时处处

>卫国战争纪念广场

高尔察克：倘有魅力，不在爱情　　　　　　143

往前走，一个街口以后就能看到圣女修道院和主显大教堂以及点着长明灯的卫国战争纪念广场，越过这些伊尔库茨克的城市地标，再过一条车水马龙的马路，就是安加拉河了。眼前的景象让我目瞪口呆：河上不停歇地蒸腾着热气。1920 年 2 月 7 日，被布尔什维克关押了数十天的亚历山大·高尔察克被押往安加拉河边，这位打小就在群体中出类拔萃的军人，知道自己的死期到了。以他的生平拍摄的电影《无畏上将高尔察克》忠实地再现了高尔察克的死亡过程：站在安加拉河边，行刑者问他还有什么要求，高尔察克想让他带一句话给流亡在巴黎的妻子索菲亚，却被嘲笑："你到底有几个妻子？"是呀，当高尔察克被法国人热南为首的协约国出卖给红军时，那个要追随高尔察克进监狱的女子不是叫安娜吗？可是，一个男人对一个女人一见钟情是能够向他人解释清楚的情感吗？高尔察克低下了脑袋，他一定是想到了深牢大狱里的爱人安娜，所以，他

>高尔察克

柴可夫斯基，就在时时处处

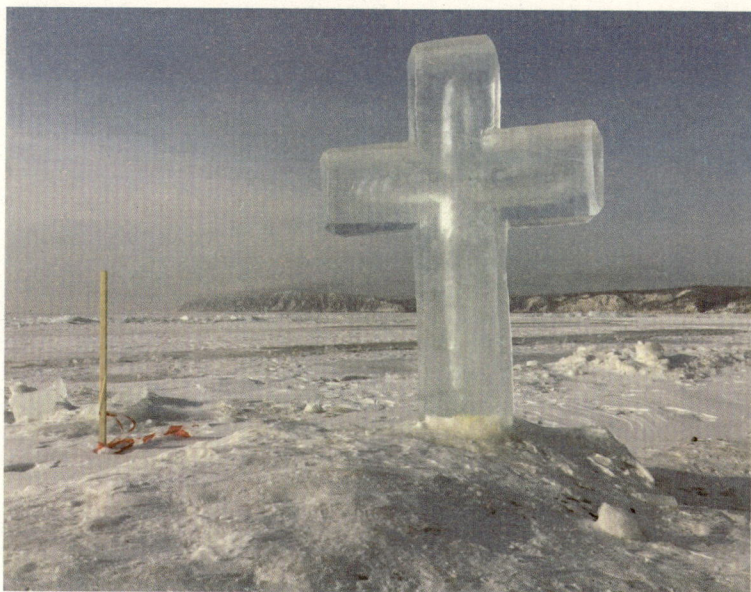

> 安加拉河上的十字

拒绝行刑者用黑布蒙住他的眼睛，是不是想最后看一眼安娜？哪怕眼前漆黑得什么也看不见。黑暗中，行刑者拉响了枪栓，"砰"的一声，军人高尔察克瘫软在安加拉河的冰面上，不远处，正好是数天前教堂为给信徒洗礼在安加拉河上凿出的十字，高尔察克还温热着的尸体被塞进了十字里。此时，电影用镜头语言让慢慢下沉的高尔察克的尸体像是在翩翩起舞——就在高尔察克从鄂木斯克前来伊尔库茨克的火车包厢里，安娜对高尔察克说："我们还没有一起跳过舞呢。"

如果伊尔库茨克1920年的2月像2017年的1月一样只冷到零下20摄氏度而不是零下40多摄氏度，高尔察克和他的部队在鄂木斯克也就不会遭遇到零下 60 摄氏度的极寒天气，他还会是小说《钢铁是怎样炼成的》里被保尔·柯察金贴上"匪帮首领"标签的白军头目吗？历史不容假设。历史是任人打扮的姑娘。如果没有这次西伯利亚之旅，在我的头脑里高尔察克就是一个匪帮头领，这个认知，来自一本在此地流传度相当广泛的小说、奥斯特洛夫斯基的《钢铁是怎样炼成的》。

初读这本小说，我还是一个小学生，在 1970 年代。那时，我们能够读到的小说特别是外国小说不多，但是我从大人那里学来了一招，就是从《参考消息》的正文里读出言外之意，我会从那些革命小说的边边角角里寻找有意思的味道，比如《艳阳天》里肖长春和焦淑红之间初萌着的爱情，比如怎样摆动身姿才能像《金光大道》里的二嫂那样风姿绰约。读奥斯特洛夫斯基的《钢铁是怎样炼成的》，当然会慨叹保尔·柯察金与冬妮娅之间无果的爱情，"匪帮头领高尔察克"也激发起过我浓厚的兴趣，但那时年龄太小也无从得到高尔察克的资料。后来，阅读之门大大敞开，特别是有了互联网后，我可以轻而易举地获知高尔察克的真实面目，可惜，我的兴趣也被如万花筒一样的大千世界牵走了，于是，匪帮头领成为固化在我头脑里的高尔察克。

亚历山大·瓦西里耶维奇·高尔察克是沙皇时期俄国舰队司令，十月革命爆发以后，高尔察克集合起沙俄军队的残部，在英国的援助下于西伯利亚小城鄂木斯克成立了

柴可夫斯基，就在时时处处

独立政府妄图与苏联红军对抗继而占得上风复辟沙皇政权，所谓重振俄罗斯民族的雄风。但，现实是乘胜追击的苏联红军不断给予高尔察克部队猛烈攻击，1919 年 11 月，鄂木斯克被红军攻占。为了保存实力，高尔察克决定率部横穿 6000 多公里的西伯利亚，逃往太平洋沿岸，在那里寻求日本的支持，以求东山再起。亡命之路途经伊尔库茨克的时候，以法国人热南为代表的西方协约国同盟为了自身的利益，将高尔察克出卖给了孟什维克。

自 1920 年 2 月 7 日高尔察克被枪杀并沉尸安加拉河的这近 100 年间，关于他的是非功过的评判，似乎从未停歇过。到了 2010 年代，尘封在高尔察克名字上的误解渐渐得以消散，我们知道，1874 年出生于圣彼得堡一个海军炮兵军官家庭的高尔察克，受家庭影响，自小就对军事有着浓厚的兴趣，一心想要成为英武的军人。像他这样家庭背景的孩子，在沙俄时期的俄罗斯，想要脱颖而出只有刻苦学习以证明自己是顶尖人才，所以无论在普通学校还是在军校，高尔察克的学习成绩始终排在年级第一位，最终他以排名第二的成绩于 1894 年毕业于海军武备学校。其中还有一个美丽的传说，说的是高尔察克完全可以以年级第一的排位荣耀地走出学校，可他坚持认为一位名叫菲力·波夫的同学更有资格获得第一就拼命谦让。从学校毕业以后，高尔察克参加了日俄战争中的旅顺口战斗并在第一次世界大战中出任波罗的海舰队水雷总队队长。当军舰在波罗的海遭遇德国军舰后被德国人炮击得几近沉没大海，水雷总队队长高尔察克毅然决然地决定军舰蹚过自己布下的水雷区，成功避开了一枚枚漂浮在大海里的水雷的同时，还将德国军舰引入水雷区。电影《无畏上将高尔察克》中德国军舰在高尔察克率部布下的水雷阵里灰飞烟灭时，这位骁勇水兵的智慧真叫人感佩。虽然因为战功显赫，高尔察克很快就荣升为黑海舰队司令并在次年晋升为海军上将，我还是要忍不住假设，如果高尔察克不是选择成为军人而是选择北极探险，他的人生将会怎样呢？

1899 年底，高尔察克收到俄国著名极地考察家托尔男爵的去北极探险邀请书后暂时调入彼得堡皇家科学院，作为水文学家参加即将出发去寻找传说中的"桑尼科夫之地"的探险队。1900 年夏，"曙光"号破冰船载着托尔的考察队起锚，向北冰洋的新西伯利亚群岛进发。1902 年春，考察队终于到达新西伯利亚群岛，但继续往北的航路被冰群阻断了，高尔察克等人只好沿着原路返回。在北极地带度过的整整两年时光里，高尔察克参与其中的俄国探险队第一次考察了辽阔的极地，为俄国疆域地图增添不少新的岛屿，其中一座位于喀拉海的岛屿就是以高尔察克的名字命名的（由于苏联当局的疏忽，该岛直到 1937 年才改名为"拉斯托尔古耶夫岛"，以纪念这支考察队中一位驾驶雪橇的工人）。高尔察克还用"索菲亚·奥米罗娃"命名了本尼特岛的一个海角，不久以后她成了高尔察克的妻子，彼时两人正陷于热恋中，却两年不能谋面，高尔察克将自己的相思寄托给了北极地带一个叫本尼特岛的一个海角。

>索菲亚·奥米罗娃

海角长存，爱情易逝，索菲亚·奥米罗娃海角今还在，可是，高尔察克与索菲亚之间的爱情随着一个叫安娜的女人的出现，消失殆尽——这也是我最不满意电影《无畏上将高尔察克》的地方，丝毫不提高尔察克对北极探险的贡献，而是大肆铺陈他与安娜之间的爱情故事。读读人们在看过《无畏上将高尔察克》后的留言吧："关于白军统帅高尔察克的故事，主角显得过于高大全，不甚了解暂就不予置评。但影片渲染的画面颇感贴切，可清楚呼吸到那个时代的气息""题材很吸引人，无奈以爱情作为大时代变迁和人物悲剧命运的切入点和贯穿线索实为糟糕，高尔察克倘有魅力，也绝不在其风流韵事上，作为学者、北极探险家、日俄战争后的俄海军重建挑大梁者、黑海舰队司令官、流亡的将军、被红色政权处决的反革命首领，如此一生塞进两小时已勉强，还被赘笔占去大篇幅，可惜"……

可惜。为什么要把生命奉献给瞬间就会变成齑粉的战场而不是能够万古长青的探险？我想得到答案，就再度去

>高尔察克的葬身地安哥拉河

>高尔察克雕塑

柴可夫斯基，就在
时时处处

高尔察克：倘有魅力，不在爱情

往高尔察克的葬身之处安加拉河。出酒店大门时还风和日丽着，10分钟以后到了圣女修道院门外时，突如其来的雪糁让我看不清伸手之外的同游者，更不要说一路之隔的安加拉河了。我想要一个答案，就穿过密密匝匝的雪糁来到河边。奇怪的是，对岸树上的雾凇依稀可辨，眼下的安加拉河，却是昏蒙一片，连流动着还是凝成了冰，都看不真切。游伴唤我，再等待下去，下面的游程恐难完成，我只好一步一回头地离开安加拉河。待我步行到基洛夫广场，漫天雪糁突然停住，再回头张望安加拉河，自上而下天空开始一层一层地澄明起来，清澈与含混的界限，分明得叫人惊愕。天象是在用一种特别的方式告诉我，他人心不可猜吗？

离开伊尔库茨克那天气温回升到了零下12摄氏度，可是对一个南方人来说，这样的温度最好还是待在暖气充足的房间里等待出发时间临近比较好。我选择第三次亲近安加拉河。出了酒店大门。漫天大雪飘洒得欢实，我三步并作两步地走到河边，河水依然湍流不息。可一层一层大雪覆盖上去，让我眼前重现电影里的那个场景：一身白衣的高尔察克还温热的尸体被塞进了冰面上被凿开的十字架里，翩翩舞蹈着沉向安加拉河河床。

天空说，让我们用一场大雪祭奠这位真正的军人吧。

西伯利亚冰原大远征：硬币的两面

    伊尔库茨克130俄罗斯风情街一家名叫 Рассольник
的主营俄餐的餐馆，相信凡是到过伊尔库茨克的中国人都
会去坐坐。除了攻略上将其列为必去景点外，用唱片、老
式电视机以及20世纪七八十年代旧物点缀其间的餐馆，
让人一迈入就被浓浓的怀旧风包裹。不过我要说，这家餐
馆对中国游客最大的吸引力，还在于它准备了中文菜单。
可是，伊尔库茨克姑娘不懂中文呀，于是很少见的一幕出
现了：我们捧着中文菜单点向我们相中的菜品，女孩则依
着图片对应到自己手里的俄文菜单，再往点菜单上写下菜
名。这番折腾，非常值得，因为这家餐馆的东西，味道委
实不错，尤其是两道汤：红菜汤和酸黄瓜牛肉汤。更有意
思的是，不知店家出于何意，中文菜单还列有一些菜品的
制作程序，比如这道酸黄瓜牛肉汤：（俄式酸黄瓜汤的原料
为土豆、胡萝卜、洋葱、大麦米、酸黄瓜和酸黄瓜水。正
宗酸黄瓜汤的味道香浓，微咸微酸。喝酸黄瓜汤时加上酸
奶油，再配上新鲜的黑麦面包，味道会更美。）将煮半熟的

>酸黄瓜牛肉汤

大麦米放入肉汤中。当大麦米煮软后加上土豆块，再接着
煮。酸黄瓜去皮切成小块，放入平底锅里，加入少量水，
小火焖炖。平底锅放少许油，油加热后加入切成小块的洋
葱和擦成丝的胡萝卜，煎至呈现金黄色，然后再加入番茄
酱或者碎番茄，再焖一会儿。煎好的酸黄瓜和蔬菜放入肉
汤里，加入月桂叶、胡椒粒，放适量盐。大麦米和土豆煮
熟后，汤就可以出锅了。盛到碗里，加入酸奶油和香芹。

　　手指划过菜单上这一段略显夹生的汉字，我突然悟到：
这莫不是罗宋汤的源头？

　　上世纪七八十年代，对上海市民阶层而言，去饭店吃
一顿饭一定与人生大事比如婚嫁迎娶相关。如果可贺之事
只限于两个人之间，许多人会选择去西餐馆。那时还是我

柴可夫斯基，就在
时时处处

男友的他拿到硕士学位后，我们就选择去西餐馆庆祝。以法餐著称的红房子以及以意式菜肴见长的天鹅阁价格偏贵，是我们消费不起的，就选择了当时还在四川中路的德大西菜社。饶是在最亲民的德大西菜社，我们的实力也只点得起土豆色拉、炸猪排和罗宋汤，典型的俄式西餐。

罗宋汤是怎么传播到上海的？在130风情街的餐厅里品尝着纯正的红菜汤和酸黄瓜牛肉汤，我自问："也许，跟高尔察克军队的'西伯利亚冰原大远征'有关？"

1920年2月7日，随着高尔察克被沉尸安加拉河，宣告由他纠结起来的沙皇军队残部彻底败给了红军。可是，这股部队并不想这么轻易认输，高尔察克死了，他的计划还在，就是"西伯利亚冰原大远征"——横穿6000多公里的西伯利亚，逃往太平洋沿岸，用从喀山国库里获取的16吨黄金作为筹码寻求日本的支持，以博东山再起。高尔察克死了，卡普佩尔[1]率领这支败军践行高尔察克的计划，从走过封冻了数米深的贝加尔湖

> 卡普佩尔

---

1. 卡普佩尔（Vladimir Kappel，1883—1920），俄罗斯帝国将领、俄国白军领袖。

开始。

　　2017 年 1 月 19 日，从伊尔库茨克出发，经过 5 个多小时的汽车颠簸，我们抵达贝加尔湖畔等待气垫船将我们摆渡到奥利洪岛。不知何时，去奥利洪岛看蓝冰成了一种时尚，出发去奥利洪岛的路上，我们被提醒，游客太多渡船太小，不那么幸运的话，我们要在渡口等上 4 个小时。要在零下 20 多摄氏度的野外待上 4 个小时？"一定要多穿一些"，所有的攻略都这么提醒我们，可是，我已经穿上了如被子一样的羽绒大衣，出发前特意买的羽绒裤也已上了身，还能怎么穿？

　　到达渡口的时间是下午 2 点多，头顶上的太阳有气无力地照耀在冻成冰面更显寒光凛凛的贝加尔湖上。我用手机随手拍了一张照片发到微信朋友圈上，"等待诺亚方舟，像吗？"引来无数好友规劝："看着就冷，别等了，赶快回家吧。"冷吗？虽然温度已经低至零下 28 摄氏度，我却不觉得特别冷，可是刚想回复规劝我回家的朋友们，手指已经捏不住手机，脸颊开始有被刀割的痛感，贴了暖宝宝的脚趾也疼得发脆……幸亏等待渡河的游客并不如我们预想的那么多。渡口到奥利洪岛之间的贝加尔湖有多宽？气垫船在冰面上飞驰了 10 多分钟。上岸以后再上车，那种老旧的越野车在荒无人烟的岛上又横冲直撞了近一个小时，我们总算抵达了预订的留宿地，一家由中国人经营的名叫"汉"的三层木结构小楼。

　　放下行李，循例出门到酒店周边走走，并不如想象的

那么冷嘛!

当然是我想错了。

奥利洪岛，几近无人的贝加尔湖上的一个小岛，区区1500 人居住在一个名叫胡日尔的小村里。到奥利洪岛游玩，一般需要留宿三晚。无论从岛外的何处来到岛上，最短的时间需要六七个小时。离去，哪怕是到距离最近的城市伊尔库茨克，6 个小时是必需的。岛上，又有南线和北

>胡日尔村

线可供游玩。或许有人会问，为何不将南线和北线合并到一天玩掉？夏天或许可以，冬天？早上 9 点多才日出，晚上一过 5 点天就黑尽，至少零下 20 摄氏度的低温，谁能消受冬日夜晚的奥利洪岛？

可是有一群人没有选择地必须日夜兼程地行走在冰封的贝加尔湖上，我说的是由顶替高尔察克的弗拉基米尔·奥斯卡维奇·卡普佩尔率领的白军残部，只是，他率领这支队伍的方式独特得恐怕前无古人后无来者，他是躺在棺材里由士兵扛着带领队伍抵达赤塔的。

弗拉基米尔·奥斯卡维奇·卡普佩尔，瞧他的名字就不像是纯粹的俄罗斯人，这位瑞典裔俄罗斯人，与毕业于军事预备学校的高尔察克是校友，也是高尔察克的得力助手、忠实朋友。鄂木斯克被红军攻陷后，高尔察克从小城撤离前往伊尔库茨克。还在路途中，他们就获知伊尔库茨克也已经被红军攻克，卡普佩尔受命率军反攻，好让高尔察克安全进入伊尔库茨克。

一般而言，鄂木斯克、伊尔库茨克冬天的气温最多低到零下 30 摄氏度，可是，1919 年到 1920 年的冬天，两座城市的温度都下行超过了零下 40 摄氏度，恶劣的天气，路途又不短，部队行军的速度非常缓慢，这可急坏了卡普佩尔，他想以自己的行动激励士兵们，没有看真切前面的路就匆忙赶路，跌入了冰窟，造成下肢严重冻伤。电影《无畏上将高尔察克》中，当镜头暂时从高尔察克与安娜的爱情那里摇向卡普佩尔时，医生正建议他截肢。沉吟了许久——怎能不沉吟呢？作为一名职业军人，作为一名有理想的职业军人，没有了一双脚意味着什么，卡普佩尔太清楚了，所以，他问医生："可以不截肢吗？"得到否定的答案后，镜头给了卡普佩尔冻伤了的脚，已经严重坏疽化了。手术开始了。冰天雪地的野外，又能怎么做手术呢？卡普佩尔咬住一条毛巾，医生手里像是刺刀的手术刀在火焰上烤了烤，就切向了卡普佩尔的腿，一声惨叫响彻了银幕内外……不久，卡普佩尔死于手术感染，但是，他的军队觉得，高尔察克已经被抓，如果再没有卡普佩尔，行军6000多公里越过西伯利亚到达计划中的太平洋彼岸，将是不可能完成的任务，就这样，士兵们带上了躺在棺材里的卡普佩尔。

寒冷和日光短促，决定了奥利洪岛的南线游和北线游必须分两天完成。北线游，是下到封冻的贝加尔湖里观赏蓝冰和气泡。贝加尔湖水清澈无比，如果气温够低，封冻的冰面足够厚，我们站在冰上看脚下的贝加尔湖，就是幽蓝色的，是为蓝冰也，真是美得不可方物。至于气泡，是因为贝加尔湖深处的温度要高于水面，湖底就不断有气泡涌上湖面，可未及到达湖面，气泡们已经被冻成了各种形状：单个的、成串的，圆润的、残破的，各有各的美丽。那一天的奥利洪岛北线游，越野车载着我们奔走在奥利洪岛上观看蓝冰的最佳地点，从一个点到另一个点，车子都要在无人区里行驶半小时以上，而每一个点上的蓝冰和气泡，因为地形不同温度不同，呈现得美丽多姿，以致，我们突破了只能在野外待上半小时的极限，当然，每一次回到车上，脸是疼的，脚是疼的，手指是冻僵的，说话是含混的，苹果手机一定是被冻死机的。

　　可见，人定胜天是一种多么不负责任的励志呀，于是想到，白军败走贝加尔湖，实在是无奈之举，不是吗？35万军人外加数以万计的贵族家眷、教师学者、神职人员、商人乃至普通市民，在70万红军追兵逼迫下，亡走在冻成镜面的贝加尔湖上，他们要忍受什么样的寒冷呢？我在奥利洪岛的南线游中对这种冻彻骨的寒冷有了一丁点体会。

＞萨满柱

柴可夫斯基，就在时时处处

与北线游不同，奥利洪岛的南线游主要是站在山口远眺"原驰蜡象"的贝加尔湖。一辆退役的嘎斯军车带着我们从一个山口奔向一个山口，几乎在无人区里奔驰了5个多小时，总共6个山口便让我们对寒冷有了不同的深切体会。无风的山口，我们或能假装勇敢地走到崖边观赏白皑皑的山白皑皑的水浑然成一片的仿若天外气象的大自然奇景；有微风的山口，我们中自恃强壮的还能顶着风艰难地漫步到远处看看地球荒漠的景象；到了疾风劲吹的山口，旅伴中有几人一出车门就被吹回车里，我顶着风奋力跋涉了不到5分钟，只好向自然投降，哆嗦着回到了车里。

　　车又在一望无边的荒原上急奔，开足了暖气的车里在我感觉，犹如冰窟。我不禁想到，近100年前被红军打到贝加尔湖冰面上的高尔察克残部和那么多随军人员，是怎么一步一步地走向无望的前方的？有的士兵走着走着实在抵挡不住困倦，刚一停顿就被冻死，死时就是他最后一步的样子；有的随行人员一个趔趄跌倒在冰面上就再也没有爬起来，冻住的是他跌下去的瞬间……一位军官，妻子临产，本能的耻感让他把自己当作一堵墙以免赶路的士兵目睹正在生产的妻子。须臾，军官真的变成了一堵墙，而他的妻子和刚刚来到世上的婴孩，刹那间也被冻成雕塑状。败走的白军、白军的随行人员、追击的红军，将近百万想要完成"西伯利亚冰原大远征"的俄罗斯人，最后抵达靠近中国边境的小城赤塔的，只有区区3万人，其余的，都没能抗住冰原上零下60多摄氏度的酷寒，以各种姿态留在了贝加尔湖超过 1 米的坚冰上。这些保持着生前最后姿态的人体构成的画面，直到来年春暖花开、冰雪消融后尸体沉入贝加尔湖底，才消失——这是一幅想象一下都能让人惊恐万状的画面。

至于创造了人类奇迹抵达赤塔的白俄，迫于生计不得不进入中国境内，有的人在哈尔滨停住了脚步，包括棺材里的卡普佩尔，他的遗体被埋葬到了哈尔滨的圣伊维尔教堂。"文化大革命"期间，教堂遭到破坏，但卡普佩尔的遗骸因埋入地下并未受到损害。2006 年 12 月 19 日，卡普佩尔的遗骸被起出，从中国运送到了伊尔库茨克，于 2007年 1 月 13 日葬入莫斯科的顿斯科伊修道院。

没有在哈尔滨停下脚步的白俄，有的流向了上海。十里洋场的上海，看不上白俄，称罗宋汤是一锅乱七八糟的东西。无论如何，进入上海的白俄丰富了上海西餐的品种，相对烹饪程序繁冗的法餐、意式大餐，更易于制作的罗宋汤很快成为上海市民家庭许许多多家庭主妇的拿手菜：锅热后投入适量黄油，黄油融化后，放入少量面粉开小火炒至飘出面粉香，加水加盐，加入切成细条状的卷心菜、番茄和土豆，盖锅盖。锅开后，投入切成细条状的红肠，锅再开后，加番茄酱和少许牛奶，一锅罗宋汤就得了。

柴可夫斯基，就在
时时处处

十二月党人：被贬到边地也熠熠生辉

    伊尔库茨克的国际机场非常简陋，被到过那里的中国游客形容为小铺子，虽大不敬，却离实情差不太远。从那样的机场出来，乘坐疑似黑车的 42 路公交车进城。天气寒冷，想要隔着车窗观望伊尔库茨克市容，车窗已经被一层薄冰遮蔽得什么也看不见。车停靠在卡尔·马克思大街，我们下车后，踏着雪地旋转了 360 度，满目都是有些年头的老建筑，满心欢喜。

    等到坐在伊尔库茨克机场的候机厅等待当天唯一一班飞机回家时，才由衷地感到我们的"领队"预订的酒店有多么好！从伊尔库特酒店出发，出租车行驶了不到 10 分钟，我们就进入到伊尔库茨克的新城区，那些丑陋的火柴盒式的居民楼比比皆是，让我回过神来：伊尔库茨克也经历过斯大林时期、赫鲁晓夫时期、勃列日涅夫时期……这些时期为城市添上的建筑疤痕，不知道何时才能愈合？

    同样难以愈合的，是被称作十二月党人的那群爱国者留在俄罗斯历史上的伤痛。那尊举世闻名的雕像：一位美丽的女子手拿书卷远眺前方，身边的烛台上搁着的一支鹅毛笔特别引人注目，是一位温文尔雅的知识女性，如果告诉你这尊雕像的名字叫"十二月党人的妻子"，你就一定不会觉得意外：十二月党人的妻子，几乎都是温文尔雅的知识女性，除此而外，她们都坚信自己爱人的政治抱负是正确的，并愿意抛弃自己在莫斯科或圣彼得堡的优渥生活跟随丈夫或者爱人去往西伯利亚承受被贬之刑。

我要找到这尊雕像，用我的方式祭奠她们。

游玩伊尔库茨克市内景点，除了喀山大教堂需要搭乘交通工具外，都可以步行到达，谓之绿线。我以为所谓绿线只是一种叫法，哪里想到，伊尔库茨克真的在人行道上画了一条显眼的绿线，你只要沿着这条绿线慢慢往前走，两天吧，就一定能走遍攻略上所有伊尔库茨克市内的景点——却没有这尊名叫"十二月党人的妻子"的雕像。

安加拉河河边的凯旋门当然在绿线里，这座低矮又粗糙的凯旋门，我的旅伴一看就表示不以为然，可是，如果知道伊尔库茨克城就起始在这里，谁还敢轻慢在全世界凯旋门中排不上位的这一扇？

1661 年，伊尔库茨克建城，旧名叫奥斯特罗格，距今已有 356 年的历史，不过，这座俄罗斯远东第二大城市真正兴盛起来，要等到建城 160 多年后的 1825 年的 12 月，那一年俄国爆发了举世闻名的对俄罗斯后来的发展起着至关重要影响的十二月党人起义。

1789 年法国大革命的爆发和拿破仑的崛起，撬动了

柴可夫斯基，就在时时处处

欧洲稳定了数个世纪的君主专制。随着君主专制被撕裂，欧洲各地的自由思想澎湃而起，率先爆发大革命的法国，更是成了欧洲老大威胁着周边封建诸国的苟且。保守、自私的君王和政客不想看到拿破仑独霸欧洲，英国、普鲁士、奥地利、西班牙、俄罗斯等国齐聚奥地利首都维也纳，组成反法联盟，于是，欧洲形成了这样一种格局，代表资产阶级的拿破仑对抗法国以外所有封建的欧洲诸国，最后的结果是，拿破仑战败，本人被流放到圣赫勒拿岛，法国封建势力复辟，各封建国家组建了维也纳体系，来遏制资产阶级的萌芽和发展。

从此欧洲陷入了近三十年的倒退之中。虽然如此，法国资产阶级关于自由、平等、博爱的启蒙思想已经如火种播撒到了想要改变社会现状的知识分子的心田，俄罗斯的十二月党人，就是这样一群有识之士。

爆发过资产阶级大革命的法国，复辟了。作为维也纳联盟的中坚，19世纪初的俄国，更是专制集权的封建帝国了，显著的特征就是保留着野蛮、腐朽的农奴制度。原本就非常黑暗的社会形态，又因为要充当欧洲宪兵，支撑起军队用度的钱财必须要到民间去搜刮，导致俄国人民的生活异常艰难。俄国贵族有到法国巴黎参加社交的传统，他们在领略巴黎时尚的同时，也被法国启蒙主义思想熏陶着。一边是对自由、平等、博爱的向往，一边是祖国野蛮、腐朽的现状，强烈的对比深深刺激着俄国的贵族和知识分子，萌发了"改造祖国"的愿望。

1816 年，贵族青年军官穆拉维约夫和彼斯特尔在彼得堡建立了第一个秘密政治团体——救国协会。1818 年，又在莫斯科组成了有 200 人参加的第二个秘密团体——幸福协会。这两个秘密团体的成员，热情地宣传民主思想，反对专制，却因在斗争方式上存在分歧而相继宣告解散。与此同时，上述两个团体在俄国南方的一些成员，却在彼斯特尔的领导下组成南方协会。他们经常秘密集会，阅读进步书刊，主张消灭皇族，废除农奴制度，建立统一的共和国。他们的主要纲领充分体现在彼斯特尔所写的《俄罗斯真理》之中，这是俄国革命运动史上第一部共和国宪法草案。

　　1825 年 11 月 19 日，沙皇亚历山大一世突然去世。专制的统治者的死讯，像一道闪电点燃了十二月党人心头之火，他们决定提前在尼古拉一世继位之日举行起义，由 S. P. 特鲁别茨科伊公爵担任统帅。起义持续到了 1825 年 12 月 14 日，这一天，天气寒冷，白雪皑皑的俄国首都彼得堡城里，一清早，3000 多名俄国陆海军官兵，从各自的营房出发，列队走向彼得堡市中心的元老院广场。他们表情严肃，刀剑出鞘，一路高呼"拒绝宣誓""反对宣誓""要求宪法""要求民主"的口号。上午 10 时，陆海军官兵们在元老院广场彼得一世铜像旁排列成战斗方阵，荷枪实弹，他们的枪口指向了正在准备登基的尼古拉一世。还有一群人，他们的手中没有武器，但是，他们一阵阵愤怒的响彻云霄的口号，如尖刀直刺尼古拉一世的心脏，他们，

柴可夫斯基，就在时时处处

就是一批具有民主思想的贵族青年和知识分子领导的起义队伍。起义军官率领士兵到达彼得堡参政院广场，意外发生了，起义的统帅特鲁别茨科伊临阵脱逃，这让起义军陷入群龙无首的泥潭。得知这一情形，尼古拉一世立即调动军队，用大炮轰击广场，血腥镇压了起义，杀害了不少聚集在广场周围的群众。彼得堡起义的消息传到南方后，南方协会会员于 1826 年 1 月 10 日发动驻乌克兰的契尔尼哥夫兵团起义，不久也告失败。

十二月党人的起义失败了。尼古拉一世不能容忍治下的臣民居然敢在他登基的这一天发动起义，对十二月党人进行了残酷的惩罚。著名领袖佩斯捷利、S. I. 穆拉维约夫 – 阿波斯托尔、M. P. 别斯图热夫 – 留明、P. G. 卡霍夫斯基和 K. F. 雷列耶夫被判处绞刑，穆拉维约夫、特鲁别茨科伊等百余人被流放到西伯利亚服苦役或定居，大批士兵被判处夹鞭刑……

沙皇的侍卫武官谢尔盖·沃尔孔斯基也参加了起义。起义失败后，或许因为昔日的身份，谢尔盖·沃尔孔斯基没有被流放到西伯利亚做苦役，而是被流放到伊尔库茨克定居。被迫离开彼得堡时，谢尔盖·沃尔孔斯基美丽的妻子才 20 岁，这位有着出众美貌又优雅博学的女人，决定跟随丈夫去伊尔库茨克，两个人在西伯利亚这座相比彼得堡荒芜了许多的城市里，没有放弃对生活的美好向往，而是将自己的居所变成了那个时候伊尔库茨克的文化沙龙，而今，他们曾经的居所成了十二月党人纪念馆。

>十二月党人纪念馆外观

柴可夫斯基，_{就在}
_{时时处处}

我蹩脚的英文不足以让人明白，我想要找的是"十二月党人的妻子"的雕像。我下载了那尊雕像举着手机询问伊尔库茨克的路人，请他们告诉我它在哪里，他们的回答，我又听不明白，看来，与雕像只能擦肩而过了。唯其如此，我想我一定要去一趟十二月党人纪念馆，就在130俄罗斯风情街的那家餐馆里请服务生在谷歌地图上找到从我下榻的伊尔库特酒店去那里的路径，不近，满屏的我不认识的俄文让我不敢轻易寻找过去。到了奥利洪岛上的酒店，一看老板是中国人，就问他回到伊尔库茨克后我怎么从伊尔库特酒店去十二月党人纪念馆。他在他的手机上刷屏了好一会儿，回答：我不知道怎么跟你说。

　　坐在从利斯特维扬卡小镇回伊尔库茨克的公共汽车上，我沮丧到了极点：再在伊尔库茨克住一晚，就要回家了，难道，这一次真的去不了十二月党人纪念馆了吗？就拿出手机碰碰运气。运气真的来了，我们乘坐的汽车终点站在伊尔库茨克的汽车总站，从那里去往十二月党人纪念馆，只需要步行6分钟！已是下午4点钟，我祈愿车子开快一点，好让我在闭馆前走进纪念馆。

　　4点半不到，车子驶进了伊尔库茨克汽车总站。还有一个半小时纪念馆就要关门了，我们不敢造次，从汽车总站出来以后，过马路，搁下行李箱掏出手机问一位中年妇女，她先是让我们到前面一个路口右拐，我们拖起行李箱走了几步：不对呀，谷歌地图明明让我们左拐的呀！那位妇女追了上来，告诉我们应该左拐。我们笑着走到第一个路口向左过了马路，不见大路，只有一条弧度优美的盖满白雪的小路，怎么办？教堂门前总有乞讨的流浪者，路口的这间小教堂也不例外，就问他。他手掌向上地表示不知道。不肯死心，再走两步敲响了一辆私家车驾驶室的玻璃，体形壮硕的大叔先是在车里比画了一阵子，见我们还是一头雾水，索性下了车回身一指。呀，可不是嘛，那栋浅蓝色的木结构二层小楼。忙不迭地谢过大叔后奔将过去，却推不开大门，急得我团团转！幸好，退场的参观者拉开了大门，是的，参观者太少，十二月党人纪念馆在这个冬日的黄昏显得那般寂寥，我走进纪念馆被老太太要求脱掉外套，取衣牌的号码是1号，告诉我此刻我是唯一的参观者。

暖气充足、灯光明亮，我慢悠悠地漫步在这栋昔日谢尔盖·沃尔孔斯基夫妇的寓所里，从起居室看到会客厅，从书房看到琴房，从卧室看到餐厅，精美的餐具，精美的钢琴，精美的家居，精美的礼服……一时间，我像那些将参观十二月党人纪念馆足迹留在网络上的游客一样心生羡慕：被沙皇流放了还能过这样的日子呀！不错，相对于大多数流放者而言，谢尔盖·沃尔孔斯基是幸运的，他们不需要去西伯利亚的苦寒地做苦役，他们也没有被流放到距离家乡更远的赤塔，即便被迫离开了彼得堡，富足的家庭还是能够帮助他们在边地建造这么一所舒适的居所，这也更让人们难以理解：既然已经成为在俄罗斯过上好日子的人群，十二月党人为什么要起义反对尼古拉一世呢？尼古

柴可夫斯基，就在时时处处

拉一世也有过我这样的疑惑吧？对自己身边的侍卫武官居然参加起义，百般不解以后，并不想从肉体上消灭他，而是让他远离彼得堡，远离思想活跃地，在孤寂的百无聊赖的边地城市，谢尔盖·沃尔孔斯基的起义之心一定会被得不到回响的伊尔库茨克绞杀，所谓诛心也。

殊不知，孤寂也好百无聊赖也好，都是人类感知世界的情感投射。内心丰满的人，又怎么会被寂寞的环境绞杀？谢尔盖·沃尔孔斯基夫妇索性把居所变成了文化沙龙，他们邀请同被贬到这里和到伊尔库茨克认识的朋友在这里交流读书心得、聆听音乐、观赏画册、共享美食……渐渐地，这种生活方式在伊尔库茨克流播开来，城市开始渐渐形成我们现在领略到的模样：形态各异的木结构小楼在老城区里比比皆是，沿着城市游览绿线走不了几步，就会有一座可爱的老建筑让你迈不开步子，至于那种因年代久远原木已呈深褐色的一层木结构建筑，大概是彼时不怎么富裕的市民居所，它们与那些有钱人讲究的建筑相杂在伊尔库茨克，让这座城市别有风韵！

别有风韵的，还有伊尔库茨克人。零下20多摄氏度的天气里，除了我们这些外乡人会包裹着一件看不到体形的厚羽绒服外，当地人特别是窈窕淑女，都是一件款式精致的长大衣，再足蹬一双俏丽的长靴。走进暖气充足的室内，她们一定会脱去大衣，哪怕在室内她们只停留几分钟，这时我们会看见她们一定穿着时尚的裙装……有着漫长严寒季节的伊尔库茨克，女人们还这么酷爱较为时尚的

>十二月党人纪念馆里，保留了当年文化沙龙的模样1

>十二月党人纪念馆里，保留了当年文化沙龙的模样2

柴可夫斯基，就在时时处处

>十二月党人纪念馆内部

裙装，是不是跟一个人有关呢？这位法国姑娘的爱人被流放到了赤塔，她在伊尔库茨克等待沙皇的准许去赤塔见心上人。等待的日子里，法国姑娘在伊尔库茨克开了一家时髦的服装店。

十二月党人起义失败快要200年了。190年前被沙皇流放到伊尔库茨克的彼得堡贵族、知识分子改变了城市的风貌，可惜的是，190年后的今天，人们只愿意享受前人带到伊尔库茨克的华服和美食——小小的伊尔库茨克，供应美食的餐馆真不少，只留十二月党人纪念馆寂寞着。那位接过我厚重的羽绒服的老太太，在交还我衣服之前，一定让我看看那张照片。照片上长长的队伍排在十二月党人纪念馆门外，他们正焦急地等待着进门参观。那一年，是1985年。

教堂处处，慰藉处处

从我们下榻的伊尔库特酒店那扇窄窄的小门出来，左拐，见第一个路口，右拐过马路，往前走两个路口再右拐，安加拉河大酒店下一家超市前，有一个公共汽车站，我们在那里等 64 路车，前往喀山大教堂。

两天来，我观察到，伊尔库茨克的公共汽车站往往 1 个当 10 个用，这让我有些担忧。在魔都上海，如 1 个公共汽车站也是 10 路车的停靠站，我们乘客有的忙了。要么望眼欲穿也不见一辆车，要么一来一长串，我们得像足球运动员为通过体能测试拼命练习折返跑那样来回奔跑寻找自己等的那一辆。伊尔库茨克的冬天，在户外等车超过 10 分钟，是不可想象的事情，可是伊尔库茨克的公共汽车就这么均匀地数分钟就来一辆，冰天雪地的，人家是怎么做到的？"人少呀！"旅伴说，好像不尽然吧。议论中，64 路来了。

已经有过一次乘坐公共汽车的经验，这一次我们不再疑神疑鬼，也不慌慌张张地凑零钱了。一个人的公共汽

车，司机又是售票员，没有公交卡也没有一刷卡会"嘀"一声通知司机的验票机，银货两讫全凭乘客下车时递钱给司机，若是大面额的钞票，司机还找钱。15 卢布一张票，哪怕给出去的是 20 卢布，司机也非要找你 5 卢布，一车子的乘客也不会因为司机翻来翻去地找 5 卢布而着急。

车子启动，我们 5 个一人一个座位地坐在 64 路公交车里就等喀山大教堂那一站了，却不止一个当地人冲着我们嚷嚷。见我们一脸懵懂，又比画，懂了，我们乘错方向了。正好车子停站，我们慌忙下车后穿过马路再等 64 路，这才想起来慌乱中刚才没有买票！司机怎么也不叫住我们？

一番折腾，5 人中有人发问：

为什么一大早要去看教堂？答曰：是伊尔库茨克的必到景点。

就算攻略没有将喀山大教堂列为伊尔库茨克的必到景点，我也要去看看，因为，宗教是入门西方文学艺术的必经之路——可惜，我懂得太晚。我摸到西方宗教的门楣，始于李国文先生的长篇小说《花园街五号》，30 多年过去了，《花园街五号》的轮廓还在我的记忆中，细节全都消失殆尽，唯有教徒涌向冰封的松花江祷告"哈利路亚"，不能忘记。因为记忆深刻，那一年的圣诞，我和我的同学在月黑风高风雪夜从学校所在的桂林路，骑着自行车或坐在自行车的后座上在冷风中穿行了半个多小时，挤入徐家汇天主教堂。明知道歌唱的是站在二楼的男女老幼，在我听来就是从天幕撒向人间的福音的赞美诗，深深打动了我，所谓得到了慰藉，就是那一刻吧？那以后，试图通读过《圣经》，太难了，对我来说。《圣经》对阅读者的要求，虔诚多于知识吧？可是，我不懂怎么虔诚？于是，豆豆的长篇小说《遥远的救世主》第九章芮晓丹与高智商罪犯一场关于何以入得窄门的讨论，是我时不时会拿出来重读的篇章。

既然去教堂寻求的是认同感，做攻略的那一位，何以要将喀山大教堂作为伊尔库茨克的必到景点？因为有故事？比如像巴黎圣母院、科隆大教堂；因为建筑举世无双？比如巴塞罗那的圣家族大教堂、布拉格的圣维特大教堂。

选择俄罗斯作为旅游目的地的游客，一般会首选莫斯科和圣彼得堡。去过圣彼得堡的人跟着攻略去伊尔库茨克的喀山大教堂时，会不会发问：为什么又是喀山大教堂？因为，我们被圣彼得堡涅瓦大街旁的喀山大教堂震撼过。

原来，数个世纪以来，俄罗斯人将喀山圣女视作自己的保护神，故几乎每一座城市都会有喀山大教堂，教堂里的喀山圣母像是俄罗斯东正教的最高圣像。伊尔库茨克的喀山大教堂，在俄罗斯教堂中的排位紧挨着莫斯科红场的瓦西里大教堂和圣彼得堡的滴血大教堂，如果我们知晓当年修建这座教堂的缘由，恐怕会感慨：上帝面前真的人人平等。

19 世纪末，随着亚历山大三世颁布修建西伯利亚大铁路的命令，远东城市伊尔库茨克进入城市高速发展期，许多产业工人蜂拥而至这座蓬勃发展的城市，聚居在城市的东北部郊外。信奉东正教的俄罗斯人，每天早上必须做完礼拜后才能开始一天的生活。因为周边没有教堂，伊尔库茨克东北部郊外的工人每天早上不得不去往市中心做完礼拜后再返回工地。想象一下吧，1880 年代和 1890 年代，作为公共交通的汽车穿行在城市里还要假以时日，对工人而言每天从工地到教堂的一次折返，是多么麻烦的一件大事！耳闻目睹，市政府决定在工人聚居区修建喀山大教堂，1885 年动工，7 年以后完工。

64 路只是途经喀山大教堂，想必，伊尔库茨克的人都知道，所有乘上这路公交车的外国人一定是来观赏喀山大教堂的，在一车人一叠声的催促下，我们下了车。四处张望，100 多年前的工人聚居区，过了 100 年好像还是工人聚居区，此地市容一副愁云惨淡的景象，你看，像是大型批发市场的一群建筑，橱窗上落满了尘土或者被涂鸦得尽显落魄相，橱窗里面，则是破败歪斜着的桌椅、柜台。喀山大教堂呢？只要仰头寻找，卓尔不群的建筑就在不远处。

真是一座漂亮的建筑！砖红色的主体，灰蓝色的"洋葱头"，在伊尔库茨克冬日懒洋洋的阳光映照下，超凡脱俗。我们一步一滑地靠近教堂，院子里还有为庆祝圣诞做的冰雕呢！

观赏精巧的冰雕时，看见当地人忙碌着往教堂里搬运瓶装水，又看见当地人不停歇地进出教堂——我们遇到了东正教的重要日子。果然，教堂里被挤得满满的，大门两旁的瓶装水堆成了墙，每一个进入教堂的当地人都会首先

>喀山大教堂院子里的冰雕

>波兰政治犯兴建的罗马天主教堂

去领一瓶水，为什么？我们不敢造次，就想看看教堂的内饰。可惜，人实在太多，教堂里已经密不透风，而神父的布道，我们又听不懂，就早早地撤了出来。据说，喀山大教堂内部非常华丽，精美、神圣的圣像画和圣人、圣徒壁画令人眼花缭乱。如真是那样，一座专门为工人修建的教堂，竟然华美至此，上帝面前真的人人平等。

上帝面前人人平等，在伊尔库茨克，才会有波兰人天主教堂，伊尔库茨克唯一的天主教堂。波兰人天主教堂，红墙尖顶，有着显而易见的哥特式建筑风格。在绝大多数人信仰东正教的伊尔库茨克，怎么会有一座天主教教堂？这要说到百多年前了。一群波兰人越过国境走过宽广的俄

柴可夫斯基，就在时时处处

罗斯大地，长途跋涉几千公里来到地处远东的伊尔库茨克后，远离家乡的苦涩、远离亲人的相思、远离熟悉饮食的困厄，让这群波兰人在异国他乡难以安顿。怎么办？问上帝，于是，他们就在伊尔库茨克第二座石头建筑（第一座石头建筑是警察办公室，没能保留下来）救世主大教堂的对面，修建了天主教堂，至于后人何以称呼它为波兰人天主教堂，毋庸赘言。只是，近百年来苏联或者俄罗斯与波兰交恶如此，远离莫斯科4000多公里的伊尔库茨克，却让波兰人天主教堂安然无虞地并肩在让东正教教徒心生骄傲的救世主大教堂旁，那是上帝的荣耀，你看，波兰人天主教堂的尖顶，离天空多么近！

可能是因为刚开始修建石头建筑吧，建于18世纪的救世主大教堂并不大。但很有特色，镶板、浮雕、多层的花

>救世主大教堂

框等尽显西伯利亚巴洛克式建筑特点。19世纪初，教会用壁画装饰了教堂的内墙，其中最大的一幅壁画是《耶稣圣像》，通过壁画来聆听上帝的声音，这就是东正教。

波兰天主教堂与救世主大教堂离我们暂住的伊尔库特酒店不远，虽然在伊尔库茨克逗留的时间不长，但这两处教堂我去看过三次。第三次，大雪纷飞，9点钟，天还没有亮透，教堂周边就有许多清道夫在不停地劳作，虽然刚刚扫净的道路须臾就又被新雪覆盖。我看见一位女士已经快要走进救世主大教堂，又退了回来，从皮包里摸出一块巧克力，递给身边扫着积雪的老人，阿门。

那么，主显荣大教堂前一个人跌倒，那么多人蜂拥而上搀扶他，又有什么奇怪的？始建于1693年的主显荣大教堂，位于列宁路上，这座伊尔库茨克第二古老的建筑，经历过了300多年的风霜冰雪、血雨腥风，至今依然完好无损地矗立在那里。那天，我们为着列宁雕塑拍了数张照片后过了马路来到主显荣大教堂门前，他从教堂里跌跌撞撞地走了出来。未及摔倒，一群人围了上去，片刻之间，救护车就到了。此刻，一天中最后一抹阳光让教堂顶上的"洋葱头"愈发耀眼。

伊尔库茨克共有人口70多万，有70多座教堂，平均每1万人就有1座教堂，其中，绝大多数是东正教，东正教几乎就是俄罗斯的国教，与俄罗斯的传统文化有着千丝万缕的联系——不懂一些东正教，何以理解涅赫留多夫对玛丝洛娃的忏悔？何以理解拉斯柯尔尼科夫举起凶器时的犹豫？不懂一点东正教，何以理解柴可夫斯基音乐里的悲怆？何以理解拉赫玛尼诺夫音乐里的乡愁？可惜，在我年少记忆力最旺盛的时候，无缘结识这些需要强记的常识，而今，需要付出加倍的时间和精力去获得。

　　花费了时间，我还是弄错了兹纳缅斯基修道院的位置，以致无法去那里祭奠埋在那里的十二月党人和十二月党人妻子，也没能在 2004 年 11 月建成的俄罗斯沙皇时期白军司令高尔察克上将的青铜雕像前献上一束鲜花。

>主显荣大教堂

读透一本好书，不仅仅是"读过本书"
更要"读懂本书"

为了帮助你更好地阅读本书，我们提供了以下线上服务

作者故事 听听作者的亲身经历，读懂文字背后的感情

听懂俄罗斯 戴上耳机，用声音为你呈现异国风采

记录感悟 人人都是文学家，随时记下自己的感悟

人生随笔 静心听散文，让你在生活间隙也能品味人生

微信扫码
加入读者交流圈
快来和本书书友聊聊